LE MIROIR DES ÂMES

Né en 1971 à Neuchâtel en Suisse, Nicolas Feuz a étudié le droit, obtenu le brevet d'avocat et exercé comme juge d'instruction. Aujourd'hui procureur de la République, il s'est lancé dans l'écriture de romans noirs en 2010.

Paru au Livre de Poche :

HORRORA BOREALIS

NICOLAS FEUZ

Le Miroir des âmes

SLATKINE & CIE

ISBN : 978-2-253-25807-0 – 1ʳᵉ publication LGF

à Olivier Guéniat,
in memoriam

Prologue

Le premier bruit que Saudan perçut fut celui de la pluie qui clapotait contre les carreaux. Il essaya d'ouvrir les yeux mais ses paupières collaient. Son crâne brûlait et le sang lui cognait aux tympans.

Il voulut bouger, les liens qui retenaient ses mains l'en empêchèrent. Il était assis sur une vieille chaise de bois au centre d'une pièce sombre. Il était nu, le froid mordait sa peau.

Saudan voulut parler, mais aucun son ne sortit de sa bouche grande ouverte. Du fond de la gorge, il tenta un râle vague, qui se perdit dans le silence.

La peau de ses lèvres était tendue à la limite de la rupture. Ses mâchoires étaient maintenues éloignées l'une de l'autre par une force qu'il sentait sans la voir.

Lorsqu'il tourna la tête vers son reflet dans la vitre, il fut saisi par l'image qu'elle renvoyait. C'était lui, mais lui différent et, pour tout dire, méconnaissable. Saudan regardait Saudan, flic à la « canto », comme on disait encore il y a peu, avant que la *police neuchâteloise* ne voie son qualificatif « cantonale » disparaître en même temps que les polices communales. Mais le Saudan qui regardait Saudan dans le miroir de la fenêtre n'était ni flic à la « canto », ni rien. Ce n'était qu'un double effrayant et effrayé. Ses cheveux noirs, d'ordinaire gominés et parfaitement peignés en arrière, étaient hirsutes. Le visage était sale, les yeux injectés. Et la bouche rendue béante par ces écarteurs métalliques, qu'on trouve encore chez les très vieux dentistes ou dans les *sex shops* tendance soumission.

Derrière la vitre, Saudan devinait le brouillard et l'humidité. Ils l'empêchaient de voir autre chose que son visage déformé. La nuit était à couper au fusain. Il n'avait aucune idée de l'endroit où il était.

Il jeta un coup d'œil autour de lui. Une salle à manger façon vieille ferme neuchâteloise mais délabrée, poussiéreuse, abandonnée. Les lambris croulaient sous les toiles d'araignées. Il n'y avait aucun bruit, pas âme qui vive, mais un beau feu dans la cheminée. Les flammes étaient presque blanches, comme attisées par un souffle invisible. Saudan remarqua une sorte de creuset en terre cuite, posé sur les braises, où cuisait une pâte orange.

— Enfin réveillé, inspecteur ? Je suis très flatté de vous accueillir dans ma modeste demeure.

La voix était caverneuse et Saudan se surprit à se demander si c'était la pièce vide qui la faisait résonner.

En étirant la tête vers la droite de l'âtre, il regarda l'homme qui venait de lui parler. Vêtu de noir, celui-ci jouait de mimétisme avec le décor. Il portait une robe sombre à grande capuche, comme la tenue de cérémonie d'une secte très occulte conçue par l'imaginaire ténébreux d'un Lovecraft. Sur la tête, il avait un large masque de loup. Saudan reconnut *Le Vénitien*.

Et il comprit qu'il le voyait pour la première et dernière fois.

Il sentit sa respiration s'accélérer. Il voulait fuir, un élan désespéré de survie, mais les liens étaient trop résistants.

10

Il tira sur les cordes, céda à la panique sans succès. Ses bras et ses jambes ne répondaient pas.

— Ils font tous ça, soupira le maître des lieux.

Puis il reprit :

— Aujourd'hui, c'est différent. Vous êtes mon premier policier. Mon premier homme de bien, si je puis me permettre. Je suis navré que cela tombe sur vous, inspecteur. Mais je vous rassure. Vos amis vous rejoindront bientôt dans les limbes de l'oubli. Si, naturellement, ils s'obstinent à me traquer.

Saudan n'écoutait pas, il faisait bégayer sa mémoire. Pourquoi la situation leur avait-elle échappé ? À lui, à ses collègues du commissariat ICS. *Intégrité corporelle et sexuelle.* Tu parles ! Où avaient-ils raté le coche ? Pourquoi l'enquête avait-elle dérapé ?

À un moment, Saudan pensa lui démontrer l'inanité d'assassiner un flic. Mais on ne raisonnait pas *Le Vénitien*. Et, de toutes façons, les écarteurs métalliques l'empêchaient d'articuler le moindre mot intelligible.

Quand il comprit la manière dont il allait mourir, Saudan voulut hurler.

Le Vénitien l'agrippa fermement par les cheveux et tira sa tête en arrière, comme pour lui laisser regarder le plafond de bois vernissé une dernière fois.

Visqueux, le verre en fusion coula lentement au fond de la gorge ouverte en entonnoir. La silice fondue à mille cinq cents degrés brûla tout sur son passage. Les lèvres, les dents, la langue, le palais, la trachée. Les chairs grésillèrent. Une odeur de viande carbonisée s'installa. La fumée émanait de l'orifice buccal comme du cratère d'un volcan humain.

Le Vénitien regarda sa victime dans les yeux. C'était son habitude et son plaisir. Il avait noté que les plus faibles succombaient à un arrêt du cœur, causé par la douleur. Les plus résistants mouraient étouffés par l'obstruction des voies respiratoires.

Des petites taches de sang perlaient dans le blanc des yeux du mourant, des pétéchies dans la sclérotique, le signe de la suffocation. Saudan faisait partie des battants. Le tueur n'en fut pas étonné. L'honneur de la police.

Lorsque tout fut terminé, l'homme au masque de loup lança un regard langoureusement nostalgique à la tronçonneuse enfilée dans un crochet mural de la pièce. Il n'en aurait pas l'usage, cette fois. D'ordinaire, ses commanditaires lui demandaient de faire disparaître les corps. Mais, ce soir, il devait faire un exemple, envoyer un message. Un message tout simple : *Ne me cherchez plus !*

PREMIER JOUR

1

— Monsieur le procureur?

La voix était sourde, il eut l'impression qu'elle venait d'outre-tombe.

— Monsieur le procureur, insistait-elle. Monsieur le procureur. Comment vous sentez-vous?

L'écho de cette voix de femme coulait comme un filet d'eau pâle dans les tréfonds de sa conscience. Il essaya de bouger la tête. Rien ne répondait en lui.

— Laissez-le revenir à lui gentiment, conseilla une lointaine voix masculine. Il est encore très faible. Il est sous narcose depuis des heures.

Les mots se télescopèrent et le procureur pensa très vite : narcose-anesthésie-opération, mais sans s'en soucier plus que cela. Que lui était-il arrivé? Il se posait la question comme on demande des nouvelles d'un proche.

La voix féminine continuait de s'inquiéter :

— Il va s'en sortir, docteur?

Risquait-il donc de mourir?

— Le pronostic vital n'est plus engagé.

Le procureur devina très vaguement que la femme poussait un soupir de soulagement.

— Mais, en l'état, nous ignorons les séquelles qu'il pourrait éventuellement conserver de ses blessures.

— Vous voulez dire que… ?

— Pas de conclusions hâtives, madame.

Madame. Qui était-elle ? L'autre, c'était le médecin, pour sûr. Mais elle ?

Le procureur suivait la discussion de loin, comme s'il écoutait distraitement une conversation à une table voisine, dans un restaurant très bruyant. Il savait qu'on parlait de lui, il en était certain. Mais les mots glissaient sur lui comme s'ils ne le concernaient pas. Les phrases lui parvenaient à distance raisonnable de la paire d'écouteurs qu'on aurait pu poser sur ses oreilles. Les mots bourdonnaient et l'envahissaient doucement, presque rassurants.

— Plusieurs billes ont traversé son corps de part en part, continua le médecin. Elles ont provoqué des dégâts importants et lacéré le côté gauche du visage. Par chance, nous avons sauvé l'œil. La mâchoire n'est que faiblement touchée, mais l'oreille gauche est détruite. Nous ignorons pour l'heure si son cerveau a été atteint.

Des billes.

Quelles billes ?

— Et les autres blessures ? s'inquiéta la dame anonyme.

— Les projectiles n'ont pas touché d'organe vital. Il s'en remettra. Il a eu vraiment beaucoup de chance. Ce qui n'est hélas pas le cas de la majorité des victimes.

Lorsqu'il n'entendit plus parler, le procureur essaya de soulever doucement les paupières. D'abord, il vit un grand flou, et apprivoisa le décor blanc qui l'entourait.

Une forme humaine se penchait au-dessus de son lit.

— Est-ce que ça va ? Vous vous sentez mieux ? s'inquiétait la femme.

Aurait-elle pu être son épouse ?

Mais non. Elle l'avait voussoyé.

— Qui… êtes-vous ? articula-t-il péniblement.

— Flavie, dit-elle précipitamment, mais il perçut dans le ralentissement de son débit qu'elle se voulait rassurante.

Sa bouche était pâteuse. Il avait soif.

— Je… vous connais ?

Elle parut étonnée.

— C'est moi, Flavie Keller, votre greffière.

Il ne se souvenait pas de cette greffière, il ne se souvenait de rien, ni de personne. Il ne savait pas qui il était.

2

Les portières de l'ambulance se refermèrent sur une vision de guerre. La place des Halles était dévastée. Tout le centre de Neuchâtel avait bougé, l'impact de la déflagration avait été énorme. Portée par le lac, on l'entendit jusqu'à Estavayer. Sur la place des Halles, la terrasse du bar Le Charlot n'était qu'une cicatrice noire. C'était le dernier jour de l'été, le moment où l'on flâne pour profiter des ultimes rayons du soleil. L'explosion avait soufflé des centaines de promeneurs. Le nuage de poussière continuerait de flotter, tard dans la nuit, comme un voile funèbre sur la ville.

Le hurlement de la sirène accompagna le démarrage du véhicule de secours qui prenait sans hésiter la direction de l'hôpital Pourtalès. C'était la sixième ambulance. Les morts et les blessés se comptaient par dizaines. Face à des blessures de guerre, le corps médical était submergé. Les cas les plus lourds étaient acheminés au CHUV de Lausanne ou à l'Inselspital de Berne. Cette victime-là semblait sur le point d'être stabilisée.

— C'est qui ? demanda un ambulancier.

— Le procureur Jemsen, répondit son collègue. C'est ce qu'ont dit les policiers, ceux qui nous ont aidés à le mettre sur la civière.

— Il est salement touché, constata l'ambulancier, en compressant doucement le petit bouillonnement de sang au niveau du visage.

— Ce n'est pas le pire, lâcha l'autre. Et il pensa aux morceaux de corps qui jalonnaient les décombres de la place.

L'ambulance avançait toutes sirènes hurlantes. Elle contourna le siège de la Banque cantonale neuchâteloise par le couloir réservé des bus, coupa la place Pury et fonça vers l'avenue du Premier-Mars.

Le sang du magistrat maculait la civière et tout l'habitacle arrière, et aussi les vêtements des secouristes qui tentaient de le maintenir en vie. Le blessé avait les yeux révulsés et ne répondait pas aux sollicitations des hommes du SMUR. Quand le véhicule pénétra dans le garage du service des urgences, ils le transportèrent immédiatement au bloc opératoire.

L'hôpital Pourtalès était comme une fourmilière dans laquelle le pied d'un imbécile aurait shooté. Le personnel en blanc allait et venait, courait dans tous les sens, comme si les nombreuses flaques de sang qui maculaient le sol, les murs et les équipements n'avaient été qu'un élément du décor. Les chirurgiens hurlaient des ordres qui se perdaient dans les couloirs habituellement si calmes du bâtiment. Les aides-soignants criaient.

3

Un rideau de pluie balayait la zone piétonne de la vieille ville. Le caniveau central ruisselait. Les urbanistes avaient tenu à garder l'inclinaison médiévale de la rue des Moulins, du temps que les dames tenaient le haut du pavé et que le creux de la chaussée recueillait urine et excréments. « Gare à l'eau », criaient les bourgeois en vidant au matin leur pot de chambre. C'était comme au Moyen Âge, ce soir-là, un ruisseau de boue. Les bouches d'égout débordaient et du jaune de la pierre d'Hauterive aux volets multicolores, tout paraissait verdâtre, glauque, au sens vrai du mot.

Les passants avaient évité l'endroit depuis l'attentat. On avait bien maintenu la Fête des vendanges, mais on l'avait déplacée vers l'est du chef-lieu. Son inauguration avait eu lieu sous un déferlement de pluie et de policiers. Les blocs de béton armé posés sur les différents axes étaient destinés à prévenir les attaques de véhicules bélier. La météo et l'actualité avaient découragé les badauds.

— Putain de ville fantôme, lâcha Justin Mollier sous son parapluie.

— À qui le dis-tu, confirma le commissaire Kramer en regardant ses chaussures détrempées qui couinaient à chacun de ses pas.

— J'ai compris, ricana-t-il. C'est pour ça qu'on les appelle des pompes.

Mollier lui lança un sourire servile. Ils arrivaient devant la porte du *Perla Blu*, salon de massages. La plaque annonçait le programme : chinois, thaïlandais, naturiste, body-body… Kramer appuya avec autorité sur le bouton de l'interphone et attendit. Le contrôle de ce genre d'établissement entrait dans les attributions du commissariat *Intégrité corporelle et sexuelle* qu'il dirigeait.

Après quelques secondes, il y eut un déclic et Kramer s'annonça.

— C'est Tristan. Ouvre.

Ils furent accueillis par l'homme à tout faire, qui répondait au doux nom de Marku. Des yeux de tueur, un corps bodybuildé, l'Albanais était aussi musclé qu'il était con, mais on ne l'avait pas non plus recruté pour donner des cours de philosophie.

— Monsieur Balla pas là, lâcha-t-il dans un souffle, avec la concision qui faisait la réputation des faubourgs de Tirana.

— On vient pas pour ton patron, dit Kramer. Alba est là ?

— Elle est avec un client.

Dans la partie vaguement sombre du cabaret, deux ou trois filles à moitié dénudées buvaient des verres au comptoir. L'odeur de fumée et de sperme froid, la déco pourpre et ébène, la musique jazzy. L'endroit était lugubre.

Vaillamment, les deux flics ignorèrent cerbère rogue et putes fatiguées, et empruntèrent l'escalier qui menait aux chambres.

— Martin nous rejoint ? demanda Mollier pour meubler le silence de leurs pas lourds sur les marches de bois.

— Il suit une piste concernant *Le Vénitien*. Il nous rejoint tout à l'heure au BAP.

Dans le jargon des policiers, le BAP désigne le siège de la police neuchâteloise, un bâtiment précocement vieilli où s'entassent et se côtoient la police judiciaire et la gendarmerie.

À l'étage, les deux flics s'arrêtèrent devant la porte qu'avait désignée le gorille, et entrèrent sans frapper. La tiédeur était palpable, le lit occupait une grande partie de la chambre. Ils virent tout de suite le dos nu et tatoué d'une fille globalement fine, mais légèrement potelée au niveau des hanches, qui chevauchait son client. Ses fesses rebondissaient sur leur support, sans aucune sensualité. Le travail. Ses cheveux châtain blond étaient attachés en un chignon hirsute posé au sommet son crâne. L'entrée inopinée des policiers interrompit les ébats. La fille se retourna lentement, elle ne cherchait pas à cacher sa nudité. L'homme, au contraire, voulait protéger une virilité encore éveillée au moyen du drap. Il était écarlate et aurait visiblement préféré ne pas être là.

— Rhabillez-vous, dit Kramer en lui montrant sa carte. Nous devons parler à mademoiselle.

Le client s'exécuta, ramassa ses vêtements éparpillés sur le sol autour du lit, enfila le tout en un instant, voulut s'éclipser. Kramer le retint.

— Auriez-vous votre carte d'identité sur vous ?

L'homme sortit son porte-monnaie et tendit la pièce bleue à croix suisse. Le commissaire la parcourut.

— Alain Keller. Votre femme travaille pour le procureur Jemsen ?

Le désespoir se lut sur le visage de l'infidèle.

— Ma femme est sa greffière, mais…

— Ne vous inquiétez pas, nous ne dirons rien.

L'homme pensa *merci*, mais le mot ne sortit pas de sa bouche. Il se sentait trop mal.

— Vous pouvez y aller, monsieur Keller, conclut l'inspecteur Mollier avec un sourire éloquent.

Le client disparut dans l'obscurité du couloir, la queue entre les jambes.

— À nous deux, Alba, reprit Kramer.

La prostituée le dévisagea avec une moue de dédain et de dégoût qu'un morphopsychologue aurait interprétée comme une manifestation de haine à l'état solide.

4

— Vous ne vous souvenez pas de moi? La voix était douce, presque mélancolique, déçue, inquiète, peut-être les trois à la fois.

— De quoi vous souvenez-vous? insista-t-elle.

Il dut faire un effort. Il avait du mal à se concentrer. Il sentait comme une pression bouillonnante sous son crâne. Ses tympans lui faisaient mal.

— La fumée… Les cris… murmura-t-il avec peine.

— Il y a eu un attentat, confirma la voix. Vous étiez place des Halles lorsque la bombe a explosé.

Ses souvenirs étaient disloqués, fragmentés, comme les pans d'une réalité posée à plat sur le papier, un tableau cubiste, Braque, Picasso. Le procureur eut le flash de ces collages bistre qu'il avait vus à une exposition et de ce qu'il avait lu dans le catalogue. Pendant la Grande Guerre, on avait demandé aux peintres cubistes de dessiner des toiles de camouflage pour dissimuler la vue des tanks aux premiers aviateurs. Aucun relief, la confusion totale, tout au même plan, c'est exactement ce que ressentait le magistrat.

— Vous avez eu de la chance, ajouta sa visiteuse.

— Je suis là depuis quand?

— Vous êtes à l'hôpital Pourtalès depuis trois jours. Les médecins vous ont maintenu dans un coma artificiel.

— Quel jour sommes-nous ?

— Vendredi.

Trois jours. L'attentat avait donc eu lieu un mardi. Le procureur se souvenait qu'il faisait beau, les gens étaient attablés aux terrasses. C'était un jour de semaine, un jour de boulot.

— Qu'est-ce que je faisais là-bas ?

— Vous aviez rendez-vous.

— Avec qui ?

— Je ne sais pas. Dans *Outlook*, vous n'aviez mentionné qu'un rendez-vous privé, sans autre précision.

Cette remarque fit grimacer Jemsen. Elle sonnait comme le reproche d'une secrétaire qui n'a accès qu'à une partie de l'agenda de son patron.

— Ça m'arrivait souvent ?

La question déstabilisa Flavie Keller. Le procureur ne se souvenait de rien. Rigoureusement rien. Elle ne répondit pas.

Lui non plus. Il resta immobile sur son lit, tête tournée vers la fenêtre où se découpait un ciel sombre et noir. Des rafales de pluie giflaient les vitres.

— Et vous ? Pourquoi êtes-vous ici ?

Le procureur déglutit avec difficulté.

— Il fait nuit. Vous devriez être chez vous.

— Je suis votre greffière.

— Pas un vendredi soir.

Il la sentit hésitante. Il la dévisagea. Elle était triste. Un détail frappa son attention, à l'annulaire de sa main gauche.

— Vous devriez rentrer chez vous, Flavie. Je suis bien entouré, ici. Vous avez une famille. Un mari. Des enfants ?

Les yeux de la femme se remplirent de larmes. Ses lèvres tremblèrent.

— Alain peut attendre. Il y a plus important, non ?

5

Alba Dervishaj avait enfilé un peignoir blanc. Kramer et Mollier se surprirent à la trouver désirable.

— Dégagez maintenant! ronchonna-t-elle sans conviction, avec une pointe d'accent albanais, moins prononcé toutefois que celui de Marku.

Les deux policiers se regardèrent, amusés.

— N'oublie pas d'où tu viens, Alba, finit par lui dire le commissaire. Avec ton casier, il ne serait pas très compliqué pour nous de te renvoyer sur l'heure à la prison de Lonay. Ou directement à Pristina.

La prostituée baissa les yeux.

— Qu'est-ce que vous me voulez?

— Pas grand-chose. Que tu tendes l'oreille pour nous.

— Vous êtes fous? Si Berti apprend que je vous rancarde, je suis morte.

Robert Balla, dit Berti, était le tenancier du salon. Son mac, en d'autres termes. Il avait fait venir Alba de la frontière kosovare en lui promettant, comme aux autres, monts et merveilles : la Suisse était riche, elle vivrait comme une princesse et pourrait largement faire vivre sa famille au pays. Berti avait simplement omis de lui préciser qu'elle devrait travailler sans revenus durant de longs mois pour pouvoir rembourser son voyage et récupérer le passeport qu'elle lui avait laissé en gage, à son arrivée à Neuchâtel.

— On n'attend pas de toi que tu nous donnes des infos sur ton boss, continua Kramer. On sait déjà tout de ses magouilles.

— Vous voulez quoi, alors ?

— Des infos sur l'attentat de mardi.

Elle les regarda l'un puis l'autre, interloquée.

— Mais c'est impossible ! Je ne suis là que depuis six mois et…

— Et c'est bien assez, coupa Mollier. Tu côtoies certains milieux musulmans que nous ne pouvons pas pénétrer.

— Moi non plus, se défendit-elle. Si vous suspectez des Albanais ou des Kosovars, peut-être. Mais si vous parlez de Syriens, de Maghrébins ou de Tchétchènes, oubliez.

— Tends l'oreille, Alba. C'est tout ce qu'on te demande. Ce n'est pas très compliqué. Tu le fais. Un point c'est tout.

— Sinon ?

— Retour à la case départ. Lonay ou Pristina.

Elle baissa les yeux une nouvelle fois.

— Je vais essayer… lâcha-t-elle sans conviction.

— Non, tu n'essaies pas. Tu le fais !

Kramer lui tendit sa carte de visite.

— Et tu m'appelles dès que possible à ce numéro. Compris ?

Mollier lui envoya une tape amicale sur les fesses. Elle ne broncha pas mais lui lança un regard noir.

Les policiers la laissèrent dans la chambre et regagnèrent le rez-de-chaussée, où ils retrouvèrent Marku. Le gorille les reconduisit à la porte de l'établissement et fit l'effort de leur sourire. Ses dents aux plombages dorés contribuaient à rendre son aspect général plus inquiétant encore. Kramer voyait en lui l'homme de ménage, dans tous les sens du terme. Ce qu'on appelle un nettoyeur.

— Qu'en penses-tu ? demanda Mollier à son supérieur, en ouvrant son parapluie dans la rue des Moulins.

— Du malabar ?

— Non, de la fille.

— Elle a peur de son patron.

— C'est une évidence. Mais ce qui m'a un peu surpris, c'est qu'elle ait spontanément inclus les Tchétchènes dans la liste des suspects potentiels. Tu crois qu'elle détient des infos ?

— Si c'est le cas, elle me les donnera.

— Qu'est-ce qui te rend si sûr de toi ?

— J'ai intercédé en sa faveur, lorsque Jemsen l'a incarcérée à Lonay au moment de son arrivée en Suisse. Elle m'est redevable.

Mollier sourit.

— Tu la kiffes ?

— Arrête tes conneries. C'est une pute.

Le téléphone portable de Kramer se mit à sonner. Le commissaire gagna l'abri d'une voûte en pierre d'Hauterive donnant accès à des commerces et décrocha. Après une brève discussion, il annonça :

— Le proc s'est réveillé. On y va.

— Pourquoi nous ? s'étonna l'inspecteur. Ce n'est pas l'affaire de la police fédérale ?

— J'emmerde les fédéraux, conclut le chef de l'ICS, et il pressa le pas en direction du parking du Seyon.

6

À l'évidence, Flavie Keller n'était pas pressée de rentrer chez elle, en dépit de l'heure tardive. Norbert Jemsen ne savait trop si elle restait pour lui ou pour échapper à autre chose. Il la regarda. Elle était petite, brune, les cheveux raides coupés au carré. Elle devait avoir la quarantaine, guère plus. Il avait beau faire des efforts, il ne se rappelait pas d'elle. Cette absence de souvenirs lui faisait peur. C'était comme un grand vide en lui, le néant.

Il éprouva soudain des doutes au sujet de la gravité de ses blessures.

— Flavie, pourriez-vous me trouver un miroir, s'il vous plaît ?

Elle ne posa pas de question, partit dans la salle de bains, et lui tendit une glace.

Il regarda son reflet.

Quelques coupures superficielles lardaient les parties visibles de son visage. Le côté gauche était masqué par un grand pansement compressif. Jemsen pensa à Van Gogh. Il arrivait à se souvenir du détail d'un tableau, mais pas des lambeaux de sa vie. Il reposa le miroir sur son lit d'hôpital.

— Sait-on qui a fait sauter cette bombe ?

Sa greffière le regarda tristement.

— La police enquête. J'imagine qu'elle voudra vous poser des questions. Vous étiez sur les lieux.

— Mais je ne me souviens de rien.

— Les fédéraux sont déjà passés, pendant que vous dormiez. Ils vont revenir.

La police fédérale ?

— C'est elle qui est en charge de l'affaire… Un procureur de la Confédération spécialisé dans les affaires de terrorisme a été saisi.

Jemsen soupira. C'était peut-être mieux ainsi. Un collègue du ministère public neuchâtelois n'aurait assurément pas eu le même recul à son égard.

— Ils ont mis tous vos dossiers sous séquestre, reprit Flavie Keller.

— Pourquoi ? s'étonna-t-il.

— Ils ont dit qu'ils ne voulaient écarter aucune piste.

— Ils pensent que j'étais visé ?

— Ils ne l'ont pas affirmé. Mais…

— L'hypothèse existe ?

À l'extérieur, la pluie avait repris de plus belle. C'était vraiment une sale journée.

— Quels dossiers ont-ils ramassés ?

— Tous ceux qui étaient en cours d'instruction.

Jemsen essaya de réfléchir.

— Et vous-même, Flavie, vous avez des soupçons ?

Elle ne répondit pas directement à la question.

— Ils n'ont mis sous séquestre que les dossiers physiques au format papier. Comme vous le savez, tous nos dossiers sont scannés dans Juris.

Jemsen ne savait plus. Juris désignait le système informatique du pouvoir judiciaire neuchâtelois et de plusieurs autres cantons. Mais il comprit où elle voulait en venir. Il lui sourit.

— Vous pensez qu'on pourrait les parcourir ensemble ?

— Oui, ce serait une idée. Peut-être que ça remettrait un peu d'ordre dans votre mémoire. Et puis…

Elle hésita.

— Et puis ?

— Vous n'avez qu'une confiance limitée dans la police, non ? En tout cas, vous répétez sans cesse qu'on n'est jamais mieux servi que par soi-même.

— C'est mon credo ?

— Plutôt une psychose, osa-t-elle, avec un petit sourire au coin des lèvres.

— À ce point ?

— Ah ça… On peut dire que vous n'aimez pas beaucoup les flics et qu'ils vous le rendent bien. Je vous ai toujours dit qu'un jour, ça se retournerait contre vous. Vous n'avez jamais voulu m'écouter.

Jemsen avait effectivement des rapports difficiles avec les forces de l'ordre, qui lui reprochaient de ralentir sciemment les procédures, de refuser des actes d'enquête ou de traîner inconsidérément avant de les ordonner. Cette funeste habitude lui avait valu une procédure disciplinaire encore ouverte du Conseil de la magistrature. Et la commission judiciaire du Grand Conseil, chargée de réélire les magistrats tous les six ans, s'était aussi saisie du problème.

Jemsen allait répondre et expliquer à sa greffière qu'il respectait la police, lorsqu'il fut interrompu par l'entrée de deux flics en civil dans sa chambre d'hôpital.

À son arrivée à Neuchâtel, six mois plus tôt, Alba Dervishaj avait été arrêtée pour séjour illégal et travail au noir… Un bête contrôle d'identité, un soir. Le canton ne comptait aucune prison pour femmes. Elle avait atterri à la Tuilière, entre Morges et Bussigny, pas très loin de Lausanne, un établissement pénitentiaire modèle, 61 places pour les femmes, 35 pour les hommes. Ce court séjour l'avait marquée à vie.

À vie, façon de parler. Sa vie à elle n'était qu'une suite d'échecs. Elle avait eu très jeune, à Pristina, quelques fiancés improbables, jusqu'à ce qu'un homme d'âge mûr l'accueille chez lui et lui impose la liste intégrale des déviances sexuelles. Il ne l'avait jamais battue, mais la trompait avec une forme d'exhibitionnisme militant. Souvent, il l'acculait à d'interminables sodomies dans le lit encore chaud des odeurs d'une autre. Après deux ans, elle s'était résolue à la fuite.

Alba avait alors enchaîné une série de relations décousues avec des femmes, jusqu'à faire tardivement son *coming out* devant sa famille réunie. La tolérance albanaise à l'homosexualité n'est pas de notoriété publique, mais ses parents n'avaient curieusement pas eu l'air trop surpris ni choqué. Ils lui avaient simplement conseillé une certaine discrétion. Pour vivre heureux, vivons cachés. C'est ce que lui avait dit sa mère.

Le temps avait passé. Elle avait vingt-huit ans. L'année d'avant, elle était retournée dans les bras d'un homme. Un coup de foudre éphémère qui avait tout de même duré six mois. La relation fusionnelle et passionnelle s'était achevée dans une douleur qu'elle vivait, aujourd'hui encore, avec un sentiment de colère et de haine. Elle n'avait jamais parlé de cette histoire à sa famille ni à ses amis. Elle refusait même d'y penser, l'amertume des souvenirs lui provoquait des haut-le-cœur.

L'homme en question était à l'origine de sa situation actuelle. À cause de lui, elle avait plongé dans une profonde dépression et maigri au point que la peau de son visage se mette à suivre le creux de ses pommettes. Ses yeux noisette s'étaient marqués de cernes noirs, sa jovialité naturelle avait disparu derrière un masque sombre, figé. Elle s'était promis de ne plus jamais tomber amoureuse.

Aujourd'hui, tout cela n'avait plus d'importance. Elle passait ses journées à baiser et gagner un argent qu'elle ne recevrait jamais : remboursement du voyage. Un aller simple pour l'enfer.

Quand Alba redescendit au rez-de-chaussée dans son peignoir blanc, elle fut immédiatement prise à partie par Marku.

— Qu'est-ce que t'as dit aux flics ? demanda le gorille.

— Rien, répondit-elle assez sèchement, sur la défensive.

— J'espère pour toi. Tu sais que Berti n'apprécierait pas.

— Je leur ai rien raconté, je te dis.

Au moment où le malabar était sur le point de lâcher

prise, une autre prostituée accoudée au bar, éméchée par quelques coupes de champagne bon marché et troublée par une consommation de cocaïne frelatée, intervint pour mettre de l'huile sur le feu.

— Je suis sûre qu'elle ment.

L'homme à tout faire la regarda méchamment et lui fit signe de se taire.

— On t'a pas sonnée, Aureola.

À son tour, Alba ne put se retenir de faire un pas menaçant dans sa direction.

— C'est ça, pauvre conne ! Va cuver ton vin ! T'es tellement bourrée que t'arriverais même plus à tailler une pipe.

La tension monta entre les deux filles.

— Elle nous cache des choses, Hassan. Je te jure. Depuis qu'elle est ici, elle n'arrête pas de semer la merde entre nous. Ça allait très bien avant son arrivée.

— Va te faire foutre, Aureola !

Marku les remit aussitôt à leur place.

— Ça suffit, vous deux ! Encore un mot et le patron sera mis au courant.

Elles savaient ce que l'avertissement signifiait. Si Berti apprenait l'esclandre, il les punirait en les contraignant à une semaine de tapin «gratuit», non déduit de leur dette vis-à-vis du réseau. Elles se toisèrent dédaigneusement une dernière fois, puis Aureola détourna le regard pour plonger ses lèvres dans la coupe de mousseux qui pétillait devant elle.

Masquant sa furie intérieure, Alba profita d'un bref moment d'inattention de son ennemie pour lui subtiliser son téléphone portable.

Tu ne perds rien pour attendre... Pauvre conne !

Avant de pousser la porte de la chambre 503, ils s'étaient mis d'accord. Mollier poserait les questions et le commissaire observerait les réactions du procureur. Kramer n'aimait pas Jemsen et ne s'en était jamais caché. Le proc avait bousillé trop d'enquêtes par son incompétence et ses retards. Il représentait pour le commissaire tout ce qu'un mauvais magistrat instructeur peut accumuler d'écueils, un frein permanent au travail de la police. Et Kramer, comme beaucoup, attendait que les autorités de surveillance assument leur rôle en destituant Jemsen.

Le voir ainsi diminué sur son lit d'hôpital n'atténuait en rien cette rancœur.

— Pouvez-vous nous laisser seuls avec lui ? demanda Mollier à la greffière.

Flavie Keller eut l'air ennuyé et lança un regard au blessé.

— Elle reste, dit Jemsen. Elle reste ou je ne réponds pas à vos questions.

Mollier jeta un coup d'œil interrogateur à Kramer. Le commissaire lui fit signe de ne pas insister.

— Comme vous voudrez, monsieur le procureur.

— Je vous préviens, je n'ai pratiquement aucun souvenir de ce qui s'est passé. Que voulez-vous savoir ?

Le policier sortit un calepin et un stylo de la poche de sa veste.

— Est-ce que le nom d'Alihan Satujev évoque quelque chose pour vous ?

Jemsen haussa les sourcils en cherchant une réponse dans les yeux de sa greffière.

— Non. Ça devrait ?

— C'est un Tchétchène directement lié à une instruction que vous avez dirigée, celle du gang *Jamahat*. Des petits cons qui, sous couvert d'un groupe de rap et de trafic de marijuana, se prennent pour des caïds en séquestrant dans des caves les clients qui leur doivent de l'argent. Des lâches cachés sous des carapaces de gros durs.

Le procureur vit dans le regard de Flavie Keller qu'elle savait de quel dossier il s'agissait.

— Quel rapport avec l'attentat ? demanda-t-il.

— Nous ne savons pas encore. Mais Satujev s'est ouvertement réjoui de ce qui vous est arrivé, en publiant un *post* sur les réseaux sociaux, entre quelques partages de vidéos de décapitations de *Daesh*.

— Comme vous dites, un petit con.

— Certes, mais un con dangereux.

— C'est ce que vous pensez ?

— Le psychiatre qui l'a expertisé le pense.

— Ça n'en fait pas encore un poseur de bombe. J'imagine qu'il faut des moyens pour cela, non ?

Mollier ne répondit pas. Il fit mine de prendre des notes dans son calepin.

— Pardonnez-moi, inspecteur, intervint la greffière, mais comment se fait-il que vous enquêtiez sur l'attentat ? L'affaire n'est-elle pas aux mains de la police judiciaire fédérale ?

Kramer qui, jusque-là, regardait par la fenêtre en

direction du stade de la Maladière où se jouait un match de Xamax, l'équipe de foot de la ville, se retourna et s'adressa à Flavie Keller.

— On agit sous le couvert d'une délégation générale de compétence.

— C'est curieux que le ministère public n'en ait pas été informé.

— L'urgence nous autorise à procéder de la sorte, précisa le commissaire.

La greffière lui lança un regard noir. Elle avait confirmation de ce qu'elle pensait : les deux policiers cantonaux outrepassaient leurs droits. Elle allait dire le fond de sa pensée, lorsque Jemsen s'interposa.

— Laissez tomber, Flavie. J'ai bien compris la situation. Messieurs, je ne peux vous être d'aucun secours pour le moment.

— C'est à nous d'en juger, monsieur le procureur.

— Si je ne m'abuse, commissaire, c'est la justice qui juge. La police ne fait qu'exécuter.

Kramer lança un regard amer au représentant du Parquet et admit avec un sourire glacial :

— Vous avez parfaitement raison, monsieur le procureur. Accepteriez-vous néanmoins que nous procédions à un prélèvement de votre ADN ?

La question surprit Jemsen.

— Pour quelle raison ?

— À des fins d'exclusion dans les recherches d'identification des victimes.

Le policier lui expliqua que le CURML, le centre universitaire de médecine légale de Lausanne, était chargé d'analyser toutes les traces génétiques relevées sur les lieux de l'explosion, à commencer par l'analyse ADN des morceaux de cadavres. L'argument convainquit le procureur d'accepter. Mollier se chargea d'effectuer un frottis buccal au moyen d'un coton-tige, qu'il glissa dans une éprouvette en plastique.

— Ce n'est pas le service forensique qui se charge de ça, d'habitude ? demanda la greffière.

— Nos inspecteurs scientifiques sont débordés, répondit Kramer et, se tournant vers le procureur, il ajouta :

— Nous ne savons pas si cet attentat était dirigé contre vous ou non. Dans le doute, nous laisserons des agents en faction dans le couloir. Pour votre sécurité.

Jemsen n'était pas dupe. Cette conversation lui laissait un goût amer. Il ne fut pas mécontent de voir les deux policiers quitter sa chambre. Avant que la porte se ferme, il entendit une dernière bribe de conversation entre eux.

— Appelle Martin et dis-lui de nous retrouver au BAP.

— J'ai essayé, mais il ne répond pas.

— Alors, allons voir le toubib. J'aimerais lui poser quelques questions.

En arrivant sur la place des Halles, Jemsen avait tout de suite aperçu son contact. Leurs regards s'étaient croisés, il y avait eu un échange de sourires. Puis tout de suite le bruit et le grand flash. La lumière aveuglante, blanche, dévastatrice.

Les yeux des dizaines de personnes installées aux terrasses s'étaient fermés en même temps.

Jemsen sentit de multiples impacts contre son corps. Il n'éprouva aucune douleur, mais il eut la sensation de planer durant un temps indéfini, avec l'inertie d'un objet lancé dans l'espace.

Lorsqu'il retomba violemment au milieu de nulle part, son dos et sa tête heurtèrent des matières dures. Une pluie de gravats retomba sur lui.

Il sentit la peau de son crâne céder sous la pression, ses os à la limite de la rupture, son visage et les parties à nu de son corps rongés par le feu. La grande faucheuse le caressait de son souffle noir. Devait-il céder à ses avances ? Lui résister ?

Des particules en suspension se déposaient un peu partout sur son corps, envahissant tous les orifices de son visage, comme si son nez, sa bouche et ses oreilles se remplissaient de sable fin. Il respirait avec difficulté, sa tête n'était qu'un champ de ruines mais il ne sentait plus rien. Le haut, le bas. La droite, la gauche. Il flottait dans une dimension inconnue, ses forces l'abandonnaient.

La mort était plus forte que lui.

Elle allait gagner.

L'emporter.

Au moment où il sentit le néant l'envahir, le procureur Jemsen ferma docilement les yeux.

«Le gros con». C'est ainsi qu'Alba Dervishaj l'appelait, aujourd'hui encore. Le gros con, celui dont elle était tombée éperdument amoureuse, sur qui elle avait misé toutes ses espérances d'avoir enfin trouvé le prince charmant, et qui l'avait finalement trahie, bêtement, en lui mentant.

Cent quatre-vingts jours s'étaient écoulés entre leur premier et leur dernier contact par *Messenger*. De la naissance de l'amour aux derniers remugles de la haine. De la passion à la destruction. Aujourd'hui encore, elle ne pouvait pas penser à lui sans pousser un soupir. Ce n'était pas de la jalousie, non. À l'inverse de son premier amant qui la trompait ouvertement avec d'autres femmes et avait ruiné le reste de confiance qu'elle aurait pu encore avoir envers les hommes, le gros con était fidèle. Elle l'avait toujours su.

Mais ses petits mensonges sans conséquence avaient fini par tout ruiner. Elle s'en voulait d'avoir été à la fois si fragile et brutale, de ne pas avoir su lui pardonner. Au fond d'elle-même, elle savait qu'il resterait à jamais l'amour de sa vie, le seul. Mais elle avait préféré rompre tout contact. C'était ainsi, son mode de fonctionnement, sa carapace.

Installée bien tranquillement dans sa petite chambre à l'étage, Alba attrapa le téléphone portable qu'elle avait subtilisé à Aureola et composa le numéro qui figurait sur la carte de visite remise par le flic. Elle tomba sur une boîte vocale.

— Vous êtes en relation avec le commissaire Tristan Kramer, je ne suis pas disponible pour l'instant. Laissez-moi un message et je vous rappellerai dès que possible.

Il y eut un bip sonore.

Elle parla à voix basse.

— Pour l'attentat, intéressez-vous à un certain Florent. S'il figure parmi les victimes, c'est un coup de Berti Balla.

Elle raccrocha et sourit.

Depuis qu'elle avait quitté le gros con, Alba était retournée à ses premières pulsions et n'avait aimé que des filles. Plus jamais d'hommes. Les clients ne comptaient pas. Eux, c'était du bétail. Florent, lui, avait voulu l'aider. Sincèrement. Ce n'était pas un client. Elle ne l'avait jamais vu. Ils n'avaient échangé que par *Messenger*. Il n'y avait jamais eu la moindre ambiguïté entre eux, aucune avance, pas de sexe virtuel. Il s'était un jour présenté à elle de manière anonyme, en lui disant qu'il enquêtait au Kosovo sur le réseau de Berti et qu'il cherchait à monter un dossier. Il travaillait pour une organisation humanitaire chargée de traquer le trafic d'êtres humains. Elle y avait vu une chance d'accélérer le terme de son calvaire et lui avait donné certains renseignements.

Récemment, il lui avait proposé de la rencontrer à Neuchâtel. Il avait, disait-il, des relations dans la police, et chez les juges, aussi. L'échange en était resté là. Depuis mardi, elle n'avait plus aucune nouvelle. Le rendez-vous avait été fixé dans un endroit un peu éloigné de Neuchâtel, au restaurant Engelberg, à Twann, au bord du lac de Bienne. Elle y était allée à l'insu de Berti et de Marku, mais Florent n'était pas venu.

Depuis, elle vivait avec la peur au ventre de se faire surprendre par le réseau. Et l'intervention des flics au *Perla Blu*, l'altercation avec *cette conne* d'Aureola n'avaient fait qu'augmenter son inquiétude.

Ça ne pouvait pas continuer ainsi.

Elle risquait sa vie.

C'était décidé. Elle devait agir.

11

Dans un couloir aseptisé du HNE, le chirurgien présenta aux deux policiers de l'ICS une coupelle en verre où roulaient des billes transparentes maculées de sang.

— Je les ai retirées du corps du procureur Jemsen, annonça le médecin.

— La police fédérale ne les a pas mises sous séquestre? s'étonna Kramer.

— Si, mais oralement par téléphone. Quand les enquêteurs sont passés à l'hôpital, le procureur était encore en salle d'opération. Ils m'ont dit de les mettre de côté. Je les ai conservées au frigo. Qu'est-ce que j'en fais?

— Vous les gardez à disposition des fédéraux.

Mollier regarda son supérieur.

— Tu penses à la même chose que moi?

Le commissaire ne répondit pas.

Il réfléchissait.

L'inspecteur comprit que Kramer ne voulait pas parler devant le chef du service de chirurgie, mais qu'il avait saisi l'allusion. Les billes ressemblaient à du verre de Murano. Une manière de signer le meurtre. Mais le mode opératoire n'était pas du tout le même que d'habitude.

Le Vénitien était un tueur à gages méticuleux. Il agissait d'ordinaire de façon nette et précise, pas en assassinant des dizaines d'innocents. Du moins c'est ce qu'on pensait. Personne ne savait qui était *Le Vénitien*. La police supputait qu'il avait des liens particuliers avec l'Europe de l'Est et, bien sûr, avec la Vénétie toute proche. Mais il se disait aussi que même ceux qui recouraient à ses services ignoraient tout de lui.

Kramer sortit un sachet minigrip de la poche de sa veste et y glissa précautionneusement une des billes de verre, en ne la laissant en contact qu'avec le plastique.

— J'en prends une pour analyse, déclara-t-il au chirurgien. Conservez les autres, comme vous l'a ordonné la PJF.

Une fois le médecin reparti avec les pièces à conviction, Kramer se tourna vers Mollier.

— *Daesh* ne s'encombrerait pas de subterfuge pour masquer l'attentat. Au contraire, ils le revendiqueraient ouvertement.

— Sauf si quelqu'un veut brouiller les pistes. Quelqu'un de suffisamment lâche…

— Tu penses à Alihan Satujev ?

— Par exemple. Il est assez fou pour commettre un tel acte et assez con pour chercher à s'en dédouaner, tout en éliminant le procureur qu'il considère comme responsable de son séjour en prison.

Kramer fit la moue.

— Peut-être, lâcha-t-il sans conviction. Mais un solitaire comme Satujev n'a aucune raison de connaître l'existence du *Vénitien*. Ils évoluent dans deux mondes différents.

— Tu oublies que dans le gang *Jamahat*, il y avait autant de ressortissants des Balkans que de Tchétchènes.

— Oui, Mollier. Des musulmans, certes. Mais rien

n'indique que *Le Vénitien* ait des contacts avec les isla-mistes. Bien au contraire.

Mollier sourit.

— Tu le sais comme moi, dans ce genre de milieu souterrain, les loups finissent toujours par s'entraider, même lorsqu'ils agissent en solitaire.

Kramer allait redire à son adjoint que son hypothèse ne tenait pas, quand son téléphone portable vibra à deux reprises. Il regarda l'écran de l'appareil et constata qu'il avait deux messages sur sa boîte vocale.

Putain de réseau !

Selon les endroits où l'on se trouvait dans l'hôpital, les ondes ne passaient pas. Il avait manqué deux appels. Il écouta d'abord le premier message, qui provenait d'un numéro qu'il n'avait pas enregistré.

Pour l'attentat, intéressez-vous à un certain Florent. S'il figure parmi les victimes, c'est un coup de Berti Balla.

La personne ne s'était pas annoncée, mais le commis-saire de l'ICS crut reconnaître la voix d'Alba Dervishaj. Elle ne l'avait pas appelé de son portable.

Mollier remarqua la mine étonnée de Kramer.

— Qu'est-ce qu'il y a ? demanda-t-il.

— Je ne sais pas encore. Y a-t-il un prénommé Florent parmi les victimes ?

— Le CURML n'a pas terminé les procédures d'iden-tification, répondit l'inspecteur. Le service forensique a dû courir un peu partout dans le canton pour chercher de l'ADN de comparaison dans les appartements des per-sonnes déclarées disparues par leur famille. Ça a pris pas mal de temps.

— Quand aurons-nous les résultats ?

— Ils tombent au compte-gouttes. Les généticiens de Lausanne prévoient de terminer ce week-end ou en début de semaine prochaine, si tout va bien. Florent, tu dis ? Qui est-ce ?

— Je n'en sais rien, maugréa Kramer. C'est un message anonyme et il n'en dit pas plus. Simplement que si cet homme figure parmi les victimes, ce serait un coup de Berti.

— Tu imagines que Balla pourrait être l'auteur de cette tuerie ?

— Je n'en sais rien. En tout cas, je sais qu'il ne reculerait devant rien pour sauver ses fesses. C'est une certitude. Et puis lui, contrairement à Satujev, est ressortissant des Balkans.

— *Le Vénitien* ?

— *Le Vénitien* n'est peut-être pas une seule et même personne. C'est peut-être un groupe qui se partage les tâches.

— Une multinationaie de tueurs à gages ?

— De nos jours, avec le *Darknet*, tout est possible.

En finissant sa phrase, Kramer pensa à Marku, l'homme à tout faire du maquereau albanais. Il l'aurait bien vu en soldat d'une armée invisible. Une sorte de nouvelle P26, mais cette fois au service de la mafia balkanique. Plus pour défendre la Suisse contre une hypothétique invasion russe.

— Il ne faut négliger aucune piste, conclut-il, en pianotant sur son portable.

Le commissaire écouta le début du second message et rappela immédiatement la CNU, la centrale neuchâteloise d'urgence de la police.

— Oui, c'est moi, s'annonça-t-il froidement.

Il y eut un blanc.

— On sait qui c'est ?

Nouveau silence.

— Ok, on arrive avec Mollier, décida-t-il sans hésiter.

Il raccrocha. L'inspecteur l'interrogeait du regard.

— On a découvert un cadavre à Chaumont.

— Merde, souffla Mollier. Ils ne peuvent pas envoyer une autre équipe ?

— Non, c'est à nous d'y aller. La victime est Martin Saudan.

12

— Quand pourrai-je avoir accès aux fichiers Juris des dossiers mis sous séquestre ? demanda Jemsen à sa greffière.

Flavie Keller le regardait tristement, en enfilant son imperméable.

— Je vais rentrer chez moi, éluda-t-elle. Vous devez vous reposer. Je reviendrai demain matin.

Jemsen pensa qu'elle n'avait pas l'air emballé à l'idée de regagner son domicile.

— De toute façon, ajouta-t-elle, il serait préférable que vous veniez au bureau et je doute que les médecins vous laissent sortir avant plusieurs jours.

— Vous ne pourriez pas apporter les dossiers ici ? Sur une clé USB, par exemple ? Quelque chose me dit que je risque d'avoir du temps à tuer et rien que l'idée de rester sur ce lit à regarder la télévision…

La clé USB était une solution. Elle y avait pensé. Elle aurait aussi pu prendre l'ordinateur portable de permanence, le système VPN lui permettait de se connecter à distance à la base de données Juris.

Mais parmi ces dossiers, il y avait aussi celui dont elle avait tu l'existence aux enquêteurs, à la demande expresse du procureur. Apparemment, il ne s'en souvenait pas.

— Nous en rediscuterons demain matin. Si vous le voulez bien.

Elle venait d'ouvrir la porte pour quitter la chambre 503, lorsque Jemsen l'arrêta avec une dernière question.

— Je suis navré de vous demander ça, Flavie, mais…

Il hésita, avant d'oser :

— Est-ce que… vous et moi… ?

Elle comprit et sourit. Son regard affichait une certaine mélancolie.

— Non, Norbert. Bien sûr que non. Il n'y a jamais rien eu entre nous. Hormis des relations purement profession-nelles.

Elle sentit les larmes lui monter aux yeux et quitta la pièce sans lui dire au revoir.

Jemsen sentait que quelque chose ne collait pas avec sa greffière. Déjà, qu'elle reste ainsi à son chevet…

Seul entre les murs et les draps blancs, le procureur laissa errer son regard sur les vitres ruisselant de pluie. Malgré ses efforts, sa mémoire se jouait de lui. Le passé se reconstruisait par bribes, mais à l'envers. Il intercepta le reflet de son visage meurtri et tira le petit miroir qu'il avait posé sur la table en formica, entre la télécommande et un livre qu'il n'avait pas ouvert. Il se regarda. Ses bles-sures lui étaient indifférentes. Seules comptaient ces cica-trices intérieures qui hachaient ses souvenirs. Il entendit la déflagration. Le flash l'aveugla et il sentit les billes pénétrer dans le feu de sa peau.

Au moment où le sommeil le gagnait, il revit les éclats du soleil.

13

— Pourquoi on ne monte pas à Chaumont avec la voiture ? demanda Mollier.

La voiture était encore feu bleu deux tons enclenché, le match de Xamax n'était pas encore terminé. Ils avaient évité la circulation dans le secteur de la Maladière et le périmètre de la Fête des vendanges.

— Parce que celui qui a trouvé le corps l'a vu depuis le funiculaire et que j'aimerais m'imprégner de cette première impression.

À hauteur de Monruz, Kramer emprunta le chemin de la Favarge pour gagner les hauts de la ville. Il gara le véhicule banalisé sur un emplacement jaune réservé aux clients du Buffet du Funiculaire, un restaurant réputé pour ses viandes sur ardoise. Détrempée, la terrasse arborée était déserte.

À l'entrée de la station inférieure, deux gendarmes veillaient au grain et empêchaient le public d'accéder au funiculaire qui reliait La Coudre à la montagne de Chaumont. Le trajet, long de plus de deux kilomètres, était en service depuis le 17 septembre 1910. Des rubalises alternant le rouge et le blanc signalaient «police – zone interdite».

Les deux enquêteurs de l'ICS saluèrent leurs collègues de la gendarmerie et se dirigèrent vers un wagon bariolé du funiculaire rouge et bleu. Ils montèrent à l'arrière et s'installèrent dos à la pente au moment du démarrage. La cabine s'éleva rapidement dans une tranchée entre les arbres. Dans la nuit et sous une pluie torrentielle, les couleurs automnales des feuilles avaient laissé place à un décor sombre. S'ils s'étaient retournés, Kramer et Mollier auraient à peine deviné derrière eux la vaste étendue noire du lac et les lumières des villages du Plateau suisse qui séparait le Jura des Alpes.

Au croisement des wagons à mi-parcours, ils grimpèrent les quelques marches intérieures de la cabine pour s'installer à l'avant du funiculaire.

— On est sûr que c'est Martin ? demanda l'inspecteur, visiblement inquiet.

— Apparemment, oui. Mais nos collègues n'ont pas encore décroché le corps.

— Tu disais qu'il suivait une piste concernant *Le Vénitien* ?

— C'est ce que Martin m'a annoncé ce matin. Rien de plus. Il voulait d'abord vérifier ses sources.

Faire cavalier seul dans une enquête n'était jamais une bonne chose, mais c'était dans la nature de Saudan. Personne ne lui aurait fait entendre raison.

— Fait chier… dit Mollier.

Kramer ne répondit pas. Il regardait fixement la station supérieure du funiculaire, qu'il distinguait dans la pénombre. Le bruit lancinant du câble tracteur accompagna un long moment de silence. Les deux flics scrutaient le décor ténébreux qui défilait devant eux. Sur la droite, la tour de Chaumont. Son phare lançait dans la nuit un puissant faisceau jaune, qui peinait à percer le rideau de pluie.

En approchant, les deux policiers devinèrent une activité humaine sur l'escalier et la plate-forme de la tour panoramique. Elle avait été construite en 1912 et offrait d'ordinaire une vue à couper le souffle sur la région des trois lacs. Mais ce soir-là, il n'y avait qu'un corps nu, attaché par les pieds, tête en bas, pendu à une corde nouée à la barrière sud du balcon. Ses bras pendaient dans le vide. Le cadavre tournoyait sur lui-même, bercé par le vent.

14

L'intrus contourna l'enseigne lumineuse qui marquait l'accès principal du HNE et se dirigea, après le parking, vers une entrée de service qu'il avait neutralisée au préalable. Le personnel médical qui l'avait empruntée toute la journée n'avait pas remarqué le chewing-gum qu'il avait collé contre le bec-de-cane pour en empêcher la fermeture. La porte vitrée s'ouvrait de l'extérieur. L'intrus gravit rapidement les marches de l'escalier de secours et ouvrit la porte du cinquième palier.

Chambre 503.

Il s'était renseigné par téléphone en se faisant passer pour un policier chargé de relayer ses collègues durant la nuit. La réceptionniste ne s'était pas méfiée.

Depuis l'attentat, l'hôpital vivait dans une telle effervescence que tout se faisait dans l'urgence. Avec les risques d'erreur que cela impliquait.

Tête baissée, le visage protégé par la capuche de son sweat, l'intrus avait évité d'être identifié par le système de vidéosurveillance. Sa seule présence à une heure si tardive aurait dû attirer l'attention de la sécurité, qui était pour l'heure fort occupée par la retransmission d'un match. Mais l'intrus ne s'attardait pas dans le champ des caméras. Il les évitait même, dès qu'il les repérait.

Il poussa doucement la porte coupe-feu de l'escalier de secours. Un long couloir silencieux, la réception n'était éclairée que par une veilleuse, on distinguait à peine les reproductions d'art contemporain encadrées sur les murs.

L'intrus vit défiler, les uns après les autres, les numéros des chambres le long du corridor plongé dans l'obscurité. La 503 devait être la dernière. Il en eut confirmation, lorsqu'il aperçut une faible lueur. En s'avançant, il devina, cachée par une armoire métallique, la silhouette de l'agent en faction devant la porte.

Il était assis et lisait une revue à la lumière d'une petite lampe de chevet posée sur un chariot à roulettes. Il ne portait pas l'uniforme de la gendarmerie, mais des vêtements gris. La surveillance du procureur avait été déléguée à une agence de sécurité privée. Une de ces compagnies accréditées pour veiller à la surveillance des détenus hospitalisés sur la base d'un mandat forfaitaire de prestations. Pour la police, la vie de Norbert Jemsen ne comptait pas plus que celle d'un vulgaire détenu. Ce qu'on disait de lui était donc vrai. Il n'était pas aimé des flics. Ce serait plus facile.

L'intrus fit demi-tour et se glissa dans les toilettes. De là, il appela de son portable la réception de l'hôpital et, lorsque la standardiste finit par lui répondre, il se présenta une nouvelle fois comme policier. Il demanda que l'on informe l'homme en faction devant la 503 que la relève l'attendait dans le hall d'entrée. L'intrus avait le sentiment de s'être montré convaincant, mais s'attendait à de la réticence, à un appel au respect de la procédure. À son grand étonnement, le stratagème fonctionna.

Une fois le couloir dégagé, l'intrus se dirigea doucement vers la chambre 503.

15

Quand Flavie Keller rentra chez elle, dans la vieille maison vigneronne que son mari et elle avaient achetée à Auvernier, elle n'alla pas tout de suite au salon. Elle savait qu'elle y trouverait son mari Alain concentré sur son ordinateur, en train de préparer des dossiers bancaires pour le lendemain. Cette vision sans intérêt ne lui faisait aucune envie.

Elle retira ses bottines, les rangea dans le meuble à chaussures et déposa son imperméable dégoulinant sur un porte-habits. Puis elle se livra à son rituel. Le même depuis deux ans. Depuis que leur vie avait basculé.

La porte était recouverte de dessins d'enfant. Son préféré restait celui où Mathilda avait représenté les membres de la famille, main dans la main, sur une plage imaginaire. Le temps d'un bonheur révolu.

Alain et elle n'avaient pas hésité longtemps sur le prénom de leur fille unique, inspiré du film *Léon* de Luc Besson, tant ils avaient été émus par la prestation de l'actrice Natalie Portman encore adolescente.

Le jour où Mathilda mourut, leur monde s'écroula. Ils avaient tenté de faire face à grand renfort de thérapies, qui se soldèrent toutes par des échecs.

Les Keller étaient une famille anéantie, un couple détruit.

Mathilda était sortie du bus en rentrant de l'école. Elle s'était élancée sur le passage piéton à l'arrière du véhicule. Le conducteur qui venait en sens inverse l'avait emportée sans avoir le temps de freiner.

Flavie poussa la porte de la chambre de sa fille et, comme chaque soir, resta de longues minutes à regarder cet espace figé. Rien n'avait bougé depuis le drame. Comme chaque soir, elle fondit en larmes.

Son époux connaissait son rituel. Au début, il avait essayé de la consoler en l'éloignant de la chambre et en la prenant dans ses bras. Cela n'avait servi à rien. Quand il avait évoqué l'idée de débarrasser la maison des affaires de Mathilda, Flavie l'avait frappé au visage. Le coup de poing lui avait ouvert l'arcade sourcilière. Elle ne s'en était même pas voulu.

Depuis, il la laissait pleurer.

Chaque soir.

Et chaque soir, les époux Keller s'éloignaient davantage l'un de l'autre.

Lorsque Flavie referma la porte de la chambre de sa fille, elle gagna le salon pour y trouver le tableau sans surprise.

— Tu rentres tard, lui reprocha Alain, les yeux rivés sur l'écran de son ordinateur.

— J'étais à l'hôpital, lâcha-t-elle sans émotion.

Il ne trouva rien à dire.

Elle s'approcha de lui pour l'embrasser sur la joue. Un autre rituel. Ils ne s'étaient plus embrassés autrement depuis l'accident. C'était ainsi. Ils ne se touchaient plus que furtivement, amicalement.

Sauf que ce soir-là, un détail olfactif avait rompu la routine. Flavie sentit le parfum d'une autre femme.

Sans comprendre sa propre réaction, elle ne lui fit

aucune remarque. Elle souhaita une bonne nuit à son mari. Il répondit à peine. Mais au lieu de se diriger vers la chambre à coucher, elle regagna le vestibule, chaussa à nouveau ses bottines, enfila son imperméable trempé et quitta la maison.

16

Sur la passerelle de Chaumont, qui mène à la tour panoramique de métal et de béton, Kramer et Mollier durent affronter un vent violent, qui balayait leur visage d'une eau glacée. Ouvrir un parapluie était inenvisageable, il se serait aussitôt envolé pour se perdre dans la forêt en contrebas.

— Fait chier, maugréa l'inspecteur, transi de froid. Quel temps pourri. Quand je pense que j'ai passé les fêtes des vendanges en T-shirt.

Le commissaire ne releva pas. Il était déjà concentré sur les faisceaux des lampes de poche qui dansaient dans l'obscurité. Plusieurs gendarmes les attendaient là-haut. Au diable, la météo.

Une fois arrivés au bas de la tour, ils gravirent l'escalier qui permettait d'accéder à la plate-forme carrée où était accroché le corps de Martin Saudan. Kramer leva la tête, on voyait une coupole argentée avec une grosse antenne. Les deux flics de l'ICS saluèrent leurs collègues en uniforme. Ils étaient tous plantés autour d'une table panoramique qui affichait la géographie des trois lacs et les Alpes en arrière-plan.

— Pourquoi n'avez-vous pas remonté le corps ? demanda le commissaire.

— On nous a ordonné de ne rien toucher et d'attendre

l'arrivée du service forensique, s'excusa un caporal de gendarmerie.

— Où est-il?

En guise de réponse, le sous-officier dirigea le faisceau de sa lampe en direction du pied d'une longue-vue mise à disposition des touristes… Une corde détrempée y était attachée et son autre extrémité pendait dans le vide. Kramer se pencha. Il vit le cadavre dénudé qui se balançait, malmené par le vent.

— Remontez-le, ordonna-t-il.

Le caporal cacha mal sa surprise.

— Mais les gars du SF…

— Je les emmerde, le coupa le commissaire. C'est un collègue qui est là en dessous et de toute façon, avec cette satanée pluie, c'est peine perdue d'espérer retrouver de l'ADN ou quoi que ce soit d'autre.

Il savait aussi que si cette mise en scène était bien l'œuvre du *Vénitien*, ils ne trouveraient aucun indice.

Les gendarmes obéirent à l'officier de l'ICS. Ils s'y mirent à trois et s'y prirent à trois fois avant de hisser le corps sur la plate-forme. L'opération sembla durer des heures, tant le cadavre pesait son poids, avec la corde mouillée qui glissait.

Quand enfin ils parvinrent à le faire basculer par-dessus la barrière de la plate-forme et le déposèrent dos contre le sol, les policiers eurent de la peine à reconnaître le visage de Martin Saudan.

— Quel est le cinglé qui a pu…? lâcha un jeune gendarme en portant ses mains devant sa bouche.

Et il se précipita à la rambarde en hoquetant.

La porte de la chambre 503 n'était pas verrouillée. Elle s'ouvrait vers l'intérieur. L'obscurité était totale, le silence régnait. Jemsen dormait.

À pas de loup, l'intrus s'aventura dans le noir et s'arrêta un instant, pour que ses yeux s'habituent. Le faible halo de la lampe de chevet diffusait un fragile faisceau de lumière depuis le couloir.

Il s'approcha du procureur et, sans faire le moindre bruit, se pencha lentement au-dessus de son visage blessé. Ce serait si facile.

18

Sur la route qui menait d'Auvernier à Neuchâtel, Flavie n'avait pas arrêté de pleurer. Elle essuyait ses larmes avec le revers de son poignet en écoutant *Roule*, la chanson de Soprano. Elle n'appréciait pas particulièrement ce chanteur, que Mathilda leur avait souvent imposé dans la voiture à l'époque du bonheur familial. Mais ce titre n'était pas comme les autres. Il était puissamment triste.

En sortant de l'autoroute à la Maladière, Flavie se retrouva prise dans les bouchons provoqués par la fin du match de Xamax. Avec la pluie, les supporters ne s'étaient pas attardés dans les rues après la défaite de leur équipe. Ils étaient déjà au volant.

Seuls quelques fanatiques cherchaient encore à en découdre avec des Valaisans aux abords du stade, mais c'était pour la forme. La police verrouillait tout. Des bus MO – maintien de l'ordre – promenaient leur blindage grillagé autour du complexe sportif pour dissuader tout débordement des hooligans.

Au rond-point jouxtant les anciens locaux du quotidien local *Arcinfo*, Flavie prit la direction de l'hôpital Pourtalès.

Elle ne savait pas pourquoi elle retournait au chevet de Norbert Jemsen. Une force invisible l'attirait là-bas. Elle s'y sentait bien. Elle y serait utile. Le procureur au moins la respectait. Amoureuse de lui ? Évidemment, non.

Comment avait-il pu l'imaginer ?

L'amnésie, sans doute.

Entre eux, il n'avait jamais été question que de loyauté.

Lorsqu'elle gara sa voiture sur le parking de l'hôpital, ses larmes coulaient encore. Elle les essuya d'un revers de la main et s'assura dans le rétroviseur central que son maquillage ne l'avait pas transformée en panda.

Ça y est, c'était fait. *Le Vénitien* avait assassiné un flic. Le corps nu de Saudan était couché devant eux. Des pieds au cou, il paraissait intact. La folie du tueur ne s'était déchaînée que sur son visage. Le cadavre avait les yeux ouverts, un regard rouge, vitreux, fixé sur le néant. Le plus impressionnant était la bouche, qui n'était plus qu'une large plaie carbonisée d'où débordaient de toutes parts des coulées de verre figé. L'orifice buccal était complètement obstrué par la silice solidifiée.

En digne artiste de la mort, *Le Vénitien* avait complété le tableau en modelant *post mortem* des piques et des pointes qui évoquaient un hérisson ou un oursin. L'œuvre funeste brillait de mille feux sous la lumière des lampes de poche.

— Quel est le fils de pute qui… répétait le caporal de la gendarmerie.

Kramer l'interrompit.

— Dis au service forensique de se magner le cul, bon sang ! Appelle aussi le légiste et les pompes funèbres.

— Et le procureur de permanence ?

Le commissaire hésita.

— Il faudra bien, mais laisse-le encore dormir une petite heure, s'il te plaît.

L'idée d'avoir un magistrat dans les pattes ne l'emballait guère. Il savait qu'il n'y couperait pas, mais le plus tard serait le mieux.

Kramer voulait d'abord s'entretenir en privé avec son adjoint. Il ordonna aux gendarmes de rester près du corps de Saudan jusqu'à l'arrivée des autres intervenants et invita Mollier à le suivre. Les deux enquêteurs de l'ICS redescendirent de la tour et pressèrent le pas sur la longue passerelle, pour se mettre à l'abri dans la station supérieure du funiculaire.

— Pourquoi est-ce que *Le Vénitien* n'a pas fait disparaître le corps comme d'habitude ? commença l'inspecteur, dès qu'ils passèrent le porche de la vieille bâtisse.

— Il nous envoie un avertissement, répondit Kramer.

— Ah ça… Reçu cinq sur cinq. Qu'est-ce qu'on fait, maintenant ?

— Il faut réveiller Keppler.

L'évocation du nom du Conseiller d'État parut inquiéter Mollier.

— Maintenant ?

— Oui. J'aimerais qu'il se rende compte à quel point la situation lui a échappé.

— Je crains que ce ne soit pas possible, continua Mollier.

— Pourquoi ?

— Je crois qu'il est en déplacement à Zurich jusqu'à demain. Une séance sur les finances et la péréquation intercantonale. Sauf erreur, c'est ce que j'ai lu sur *Arcinfo* ce matin.

Le commissaire n'avait pas ouvert la presse du jour. Il réfléchit un instant, puis donna ses instructions :

— Dans ce cas, qu'il vienne ici demain dès son retour. En attendant, prends quelques photos du corps de Martin.

Je veux que Keppler les voie. Ce sera plus éloquent que n'importe quelle description de la scène de crime. Contacte son Secrétaire général de département et fais-lui passer le message.

Mollier fit la grimace. L'idée d'appeler Autier suffisait à lui gâcher la journée. Le Secrétaire général était un sexagénaire amer et cassant. Il travaillait à ce poste pour l'État de Neuchâtel depuis plus de trente ans et avait servi de nombreux Conseillers d'État. Personne ne l'avait jamais vu sourire.

Luc Autier jouait au reste parfaitement son rôle de Secrétaire général. Il était le filtre entre Pierre Keppler et les chefs de service. Et son peu d'amabilité s'effaçait définitivement lorsqu'un membre de l'administration s'aventurait à court-circuiter la hiérarchie.

Mollier soupira et composa le numéro de la centrale.

Jemsen était arrivé sur la place des Halles par la rue du Trésor. Le premier stand du marché proposait des noix, des fruits confits et des épices. Les odeurs rappelaient, en moins prononcées, celles qu'il avait senties lorsqu'il était allé au bazar d'Istanbul. La culture orientale avait toujours attiré le procureur.

Il se fraya un passage entre les quelques étals de fruits et légumes, avant d'apercevoir son contact qui était en avance et buvait un café sur la terrasse bondée du Charlot.

Il hésita un instant.

Ce rendez-vous était-il une si bonne idée? Il l'avait fixé lui-même. Quelques échanges de mails peu précis où il avait simplement été question d'une affaire importante. Mais qu'est-ce que ce contact pourrait faire pour lui? Au moment d'aller à sa rencontre, le procureur se posait des questions. Il doutait. Il eut un haut-le-cœur, un goût amer dans la bouche. L'horrible canard du doute avec ses lèvres de vermouth.

Jemsen s'attarda quelques instants au stand d'un maraîcher, qui lui demanda en vain ce qu'il désirait acheter. Perdu dans ses pensées, Jemsen ne répondait pas. Il regardait son contact. L'homme n'avait pas l'air stressé, il lisait le journal comme quelqu'un qui profite d'un rare instant de répit, dans une vie bien chargée.

Les gens autour de lui discutaient joyeusement. Un musicien de rue égayait la place avec de la musique gypsy. La convivialité se lisait sur tous les visages, sauf sur celui de l'homme qui était assis derrière son contact. Lui aussi était seul. Derrière ses lunettes de soleil, il avait l'air anxieux. Peut-être avait-il des problèmes au travail ? Dans son couple ? Des ennuis de santé ? Il se leva et déposa quelques pièces de monnaie sur la table du café, avant de quitter les lieux.

Jemsen vit alors qu'il oubliait sur sa chaise son épaisse serviette en cuir.

Le procureur s'agita dans son lit. La vision de la serviette oubliée lui semblait si réelle qu'il se réveilla en se demandant s'il devait l'attribuer à un rêve ou à la réalité d'un souvenir.

Il ouvrit les yeux et vit l'intrus penché au-dessus de lui.

Son premier réflexe de surprise céda à une peur panique. Il voulut crier, ouvrit la bouche, mais la main de l'intrus se plaqua fermement sur ses lèvres. Il fut aussitôt frappé par le parfum de l'agresseur.

D'évidence, c'était une femme.

21

Flavie Keller fut étonnée de ne pas trouver l'agent de sécurité devant la chambre 503. Il lui revint à l'esprit qu'elle venait de le croiser dans le hall d'entrée du HNE, en train de parler à une réceptionniste. Sur le moment, elle avait pensé à une banale scène de séduction entre deux personnes chargées du service de nuit. Ou comment tuer l'ennui dans les moments trop calmes. Pas très professionnel.

Quand elle vit la porte ouverte, elle comprit que quelque chose n'allait pas.

Son cœur s'emballa.

À pas de loup, elle s'approcha de la chambre. Elle était plongée dans la pénombre. Flavie jeta un coup d'œil à l'intérieur et vit une scène qui la terrifia. Une ombre était penchée sur le procureur et cherchait à l'étouffer.

Par réflexe, elle lâcha son sac et porta ses mains à sa bouche. Elle voulut crier, mais aucun son ne sortit. Elle était tétanisée.

Surprise par le bruit dans son dos, l'ombre se retourna, lâcha Norbert Jemsen et se dirigea vers la greffière. Sans précipitation. À pas lents. Maîtrisés. Décidés. En approchant de la lumière, elle devint reconnaissable. Sous sa capuche, elle ne portait pas de masque. Elle avait environ trente ans.

Flavie s'adossa contre le mur de la chambre et ne bougea plus. Pétrifiée, elle imagina un instant le pire, mais curieusement cette idée ne l'effraya pas. C'était comme si elle était prête à accueillir la mort, à retrouver celle qui lui avait pris sa fille deux ans auparavant.

Mathilda, mon ange, maman va te rejoindre.

Elle se demanda un instant si ce serait douloureux… Un impact de balle ? un coup de couteau ? Non, c'était un hôpital. Peut-être un scalpel ? Elle imagina la courte lame effilée glisser entre les chairs de son cou, sectionner sa carotide, et la vie la quitter doucement, au même rythme que le flot de sang.

L'intruse plaqua une main sur sa gorge pour l'immobiliser. Ses yeux plongèrent dans ceux de la greffière. L'impression fut irréelle. En dépit de la violence de la situation, ce regard lui parut amical. Il signifiait qu'elle ne lui voulait aucun mal, que ça allait bien se passer. Ou peut-être se l'imaginait-elle tout simplement, pour que la mort soit plus douce.

L'échange de regards se prolongea de manière inhabituelle, sans qu'aucune parole ne soit prononcée de part et d'autre.

Jusqu'à ce geste inattendu.

L'intruse approcha son visage de celui de la greffière et, d'un coup, colla ses lèvres contre les siennes. Elle l'embrassa de manière provocatrice, termina en mordillant sa lèvre inférieure, s'éloigna de quelques centimètres et murmura :

— Si tu cries, je recommence…

Flavie resta médusée. Elle n'osait plus bouger.

Même son visage demeurait impassible.

L'intruse lui sourit. Puis elle quitta les lieux.

Pendant quelques secondes qui lui parurent une éternité,

la greffière resta immobile, le corps figé, collée contre un mur de la chambre.

Quand elle se décida à tourner légèrement la tête, ce fut pour regarder en direction de Jemsen. Il était en vie. Il ne paraissait pas trop agité compte tenu des circonstances, mais cherchait un moyen d'allumer la lumière. Quand il y parvint, il vit Flavie Keller, immobile.

— Ça va ? lui demanda-t-il.

Elle acquiesça d'un timide signe de tête, sans ouvrir la bouche. Comme si ses lèvres avaient été scellées par cet étrange baiser. Ce contact l'avait perturbée plus qu'effrayée.

Mais par-dessus tout, elle avait senti le parfum de l'intruse.

Ce même parfum que son mari Alain portait encore sur lui au moment où elle l'avait quitté pour revenir au chevet du procureur… Une odeur enivrante qu'elle n'était pas près d'oublier.

22

Alba Dervishaj savait qu'elle ne devait pas s'attarder dans les couloirs du HNE. Elle n'avait pas réussi à parler au procureur, mais ce n'était que partie remise. Il le fallait, et le plus tôt serait le mieux.

Il y avait au-dessus d'elle comme un compte à rebours dont les deux aiguilles étaient la vie du procureur et la sienne.

Pour Florent, elle le sentait, l'aiguille s'était arrêtée. Berti avait dû donner l'ordre à Marku de l'éliminer. Mais comment Berti avait-il fait pour le savoir ? se demandait Alba, dont la pensée zigzaguait. Avait-il piraté sa messagerie ? Bien sûr que non. Sinon, elle serait morte, elle aussi. C'était sa faute, alors. Florent avait dû manquer de discrétion et son enquête de finesse. Il avait dû poser les questions qu'il ne fallait pas aux personnes qu'il ne fallait pas.

Maintenant, Alba n'en était plus bien sûre mais, d'après ce qu'elle avait compris, il n'était ni flic, ni journaliste. La première fois qu'il lui avait écrit, il s'était présenté comme *employé d'une organisation humanitaire traquant les réseaux de traite d'êtres humains dans les Balkans*. Elle aurait dû s'en douter. Il était bâti sur le même modèle qu'un missionnaire du CICR, la Croix-Rouge en bandoulière. Peut-être même qu'il était prof. Une année sabbatique à la recherche de sensations fortes, l'écorché vif qui se sent différent, le type allergique à l'autorité qui s'est toujours fait chahuter par ses élèves. Un prof qui prétendait aimer son métier mais s'ennuyait en cours. Le genre de garçon qui n'a pas été formé à voir le danger là où il est. Un utopiste tué par naïveté.

Quand elle parvint au bout du couloir, Alba entendit le bruit caractéristique des portes d'un ascenseur qui s'ouvraient.

Elle pressa le pas pour gagner l'escalier de secours et rejoindre la porte de service. Au moment où elle pensait avoir atteint son but, elle se trouva nez à nez avec un homme en uniforme gris. À la vue de la jeune femme, il s'arrêta, pétrifié.

— Qu'est-ce que vous faites là ? aboya-t-il.

Elle hésita un bref instant, avant de prendre ses jambes à son cou et de se précipiter vers l'escalier.

Il voulut la rattraper par une manche, mais son sweat se déchira. Le coton craqua en se distendant. Alba tira si fort que les mains de l'agent glissèrent et finirent par la lâcher.

Elle l'entendit pester dans son dos.

Elle s'attendait à ce qu'il la poursuive dans les étages de l'hôpital, mais la dernière chose qu'elle perçut en disparaissant dans l'escalier de secours fut un appel radio. Il appelait des renforts. La police ou ses collègues. Elle ne devait surtout pas traîner. Elle descendit les marches quatre à quatre et gagna le rez-de-chaussée.

Mollier raccrocha. Luc Autier, le Secrétaire général de département, venait de lui confirmer de manière assez hautaine que le Conseiller d'État Pierre Keppler se trouvait encore à Zurich et qu'il ne rentrerait à Neuchâtel que le lendemain matin.

Kramer reçut immédiatement après un appel de la centrale. La standardiste de la CNU lui résuma la situation.

— Combien de patrouilles sont engagées ? demanda le commissaire. Très bien, conclut-il. Veillez à ce que les gendarmes sauvegardent les images de vidéosurveillance de l'hôpital. Et aussi celles des abords du HNE. Est-ce qu'on sait par où elle a filé ?

La réponse de la standardiste fut brève.

— D'accord. Qu'ils mettent aussi sous séquestre tous les enregistrements des caméras du stade et de ses alentours. Y compris les téléphones portables des supporters qui auraient éventuellement pu filmer quelque chose.

Il raccrocha.

— Qu'est-ce qui se passe ? s'inquiéta Mollier.

— On a essayé d'attenter à la vie de Jemsen.

— Dans l'hôpital ?

— Oui. Une fille.

— Il n'y avait pas de garde devant la porte ?

— Si. Mais ce crétin s'est absenté pour aller draguer une réceptionniste. Je n'en sais pas plus.

— On sait qui est cette fille ?

— Aucune idée.

— Où est-elle ?

— Elle a réussi à prendre la fuite.

— À pied ?

— Oui… Une patrouille l'aurait aperçue du côté de la Maladière.

— On va l'avoir.

Kramer modéra l'enthousiasme de Mollier.

— Rien n'est moins sûr, Justin. Il y a encore du monde dans la rue après la fin du match de Xamax et il semblerait qu'il y ait quelques échauffourées entre hooligans neuchâtelois et sédunois. Nos collègues MO engagés sur place ont d'autres chats à fouetter que de courir après une gonzesse dont on n'a qu'un vague signalement.

— Qu'est-ce qu'on fait ?

Le commissaire jeta un coup d'œil en direction de la tour panoramique, où les faisceaux des lampes de poche des gendarmes luttaient contre le vent et la pluie. Le service forensique et le médecin légiste n'allaient pas tarder.

— On se casse d'ici. On reviendra demain matin avec Keppler.

— Tu crois vraiment qu'un Conseiller d'État va se déplacer sur une scène de crime ?

Kramer sourit amèrement.

— Je ne lui laisserai pas le choix. Quel que soit son rang, je l'obligerai à nettoyer la merde qu'il a laissée dans son sillage. Que t'a dit son Secrétaire ?

Mollier grimaça.

— Qu'il était à Zurich. Je ne peux pas blairer ce Luc

Autier. Suffisant, comme d'habitude. Il m'a dit qu'il trans-
mettrait notre demande. On rentre ?

— Pas tout de suite. J'aimerais dire deux mots à Alba,
au sujet de cet étrange appel téléphonique de tout à l'heure.
Cette petite pute nous cache quelque chose.

La rue de la Pierre-à-Mazel était fermée à la circulation devant le stade et le centre commercial de la Maladière. Des bus blindés de la police en bloquaient l'accès aux deux extrémités, pour tenter de canaliser les débordements des supporters de Xamax et du FC Sion. Les moteurs tournaient, les lances à eau braquées vers un petit groupe de hooligans, qui camouflaient leur visage derrière un foulard ou sous le capuchon d'une veste de pluie. Devant les véhicules, des cordons de gendarmes en tenue MO, avec gilet, casque et bouclier en plexiglas, formaient un rempart dissuasif. Mo, maintien de l'ordre. La tension était palpable.

De temps à autre, une pierre ou une bouteille de bière vide fusait en direction des forces de l'ordre, qui ne bougeaient pas.

Plusieurs policiers filmaient préventivement la scène au moyen de leur téléphone portable, pour sauvegarder des images qui pourraient servir de preuves devant les tribunaux, si la situation dégénérait.

Alba se glissa entre les derniers supporters. Elle pressa le pas en direction du lac, pour contourner le complexe sportif par le sud. Au moment où elle pensait se diriger vers une zone plus tranquille, elle aperçut les faisceaux bleus des gyrophares de la police, qui se répercutaient contre les façades du stade de la Maladière et les patinoires du Littoral de l'autre côté de la rue. Par réflexe, elle s'engouffra dans la rampe d'accès au parking souterrain du centre commercial. Il était exceptionnellement ouvert pour le match.

Elle longea la file des voitures qui sortaient, ignorant les regards étonnés des conducteurs. Elle contourna les barrières automatiques pour se faufiler entre les voitures en stationnement.

— Eh, vous là-bas ! on ne peut pas entrer. C'est fermé.

Alba s'immobilisa. Elle ne se retourna pas pour éviter de faire face à son interlocuteur. Et soudain, elle piqua un sprint, slaloma entre les voitures et les places vides et se retrouva devant les portes verrouillées du centre commercial.

Derrière elle, le vigile de nuit criait. Il allait donner l'alerte. Elle n'hésita pas. Une poubelle métallique avec cendrier trônait devant l'accès. Elle s'en servit comme d'un bélier, fracassa les grands panneaux de verre et se précipita à l'intérieur du centre.

Il était plongé dans la pénombre, seulement éclairé par la lueur verte des petits panneaux de sortie de secours. Alba grimpa en courant les marches d'un escalator à l'arrêt et déboucha sur le premier palier. Les magasins dormaient derrière de grands rideaux d'acier. Il ne devait y avoir aucune issue à cet étage. Elle grimpa encore pour parvenir au niveau de la rue.

À l'extérieur du centre commercial désert et silencieux, on entendait des clameurs. Les échauffourées entre supporters et policiers avaient commencé.

Soudain, un flash lumineux éclaira l'intérieur du complexe, avant de perdre rapidement de l'intensité. Cocktail

Molotov. L'explosion fut suivie d'une bouffée de flammes orange, qui illuminèrent le hall du centre et les vitrines.

L'endroit n'allait pas tarder à grouiller de flics. Alba imaginait déjà les demandes de renforts grésiller dans les radios de la police. Elle se sentait prise au piège, entre la rue hostile et les vigiles du parking qui allaient forcément remonter jusqu'à elle. Il lui fallait trouver une voie de sortie.

Elle se présenta lorsqu'un petit groupe de casseurs fit le travail à sa place. De l'extérieur du centre, ils se mirent à plusieurs pour précipiter un vélomoteur à travers l'entrée ouest. Visiblement, leur intention n'était pas d'en découdre avec les forces de l'ordre, mais de profiter du chaos pour voler des marchandises. Quand leur petit groupe investit le centre, ils croisèrent une jeune femme en sweat-shirt, qui leur sourit avec une expression de gratitude.

Redevenue une ombre anonyme, Alba disparut derrière la Basilique Notre-Dame de l'Assomption. Celle que les Neuchâtelois appellent l'Église Rouge.

25

Après avoir rejoint La Coudre avec le funiculaire, Kramer et Mollier avaient évité le périmètre de la Fête des vendanges pour gagner le parking du Seyon par l'avenue de la Gare et la rue des Bercles. La grande structure de béton affichait toujours complet, sauf pour la police qui pouvait toujours compter sur quelques places réservées barrées de jaune.

Lorsqu'ils sonnèrent à la porte du salon *Perla Blu*, rue des Moulins, ils éprouvèrent la sensation de rejouer la même scène que plus tôt dans la soirée. Le ruissellement sur les pavés, l'interphone, l'attente sous la pluie, le déclic, l'imposante carrure de Marku.

— Va chercher Alba, ordonna le commissaire.

— Alba pas là, répondit le gorille albanais sans manifester la moindre émotion.

— Ne joue pas à ça avec nous, s'impatienta Kramer. Nous ne sommes pas d'humeur.

Ils entrèrent dans l'établissement. Deux ou trois filles à moitié dénudées – différentes mais semblables – attendaient le client en sirotant leur mousseux tiède. L'une d'elles cacha maladroitement un petit récipient rempli de poudre blanche.

Mollier la regarda en souriant et lui fit comprendre,

d'un petit geste explicite, qu'elle avait encore des traces sous le nez. Elle s'essuya d'un revers de la main.

— Où est-elle ? répéta Kramer.

— Je sais pas, répondit Marku. Elle est sortie et monsieur Balla aime pas ça.

— Ton patron est là ?

— Dans son bureau.

— Va le chercher.

L'homme de main allait s'exécuter, lorsque le commissaire le retint par la manche.

— Attends.

Kramer sortit son portable et chercha le numéro d'Alba Dervishaj dans son répertoire. Il le trouva, le composa, puis laissa sonner. Il eut l'impression d'entendre un vibreur à l'étage.

— Reste ici avec tout ce petit monde, ordonna-t-il à son inspecteur.

Mollier acquiesça.

Kramer monta à l'étage et parcourut le couloir qui menait aux chambres de passe, à l'affût de la moindre sonnerie, de la moindre vibration. Rien.

Après quelques minutes, il rejoignit Mollier au rez-de-chaussée. C'est le moment que choisit Robert Balla pour sortir de son bureau par une porte située derrière le bar. Il était immense et squelettique. Près de deux mètres, une barbe mal taillée, des cheveux hirsutes, des lunettes qui lui donnaient un faux air d'intellectuel et d'affreux tatouages dépareillés sur les avant-bras. Il fumait négligemment une cigarette.

— Salut Berti, où est Alba ?

— Je ne sais pas, commissaire, s'excusa le géant à l'accent balkanique.

— Arrête ton manège, Berti ! Depuis quand tu laisses tes poules se promener librement dans la nature ?

Balla sourit.

— Mais Alba est un loup, commissaire.

— Un loup ? Dans un poulailler ?

— Elle a toujours aimé se définir comme ça. Un loup solitaire. Du coup, elle est un peu moins docile que les autres. Mais on va dire que c'est ce qui fait son charme.

Kramer sourit à son tour machinalement. L'absence d'Alba ne lui plaisait pas plus qu'à son maquereau. Berti cachait mal une certaine irritation. Visiblement, la fille avait quitté les lieux sans son consentement. Soit elle était vraiment le loup qu'elle prétendait être, soit elle s'apprêtait à passer un sale quart d'heure à son retour au salon.

Le chef de l'ICS essaya de rappeler la fille sur son portable, en vain. Nouvelle sonnerie dans le vide.

Il se souvint alors du mystérieux coup de téléphone passé depuis un autre numéro. Numéro inconnu. Il rechercha sa trace dans le journal des appels, le trouva et le composa. Une douce musique résonna dans la salle, la version électro de la *Petite musique de nuit*. Elle provenait d'un sac à main posé sur le bar.

Tous les regards se tournèrent vers Aureola.

26

Depuis l'Église Rouge, Alba Dervishaj avait rejoint le centre-ville par le chemin le plus direct. Si elle était recherchée par la police, autant essayer de se comporter le plus naturellement du monde. Elle avait traversé le quartier de l'université et des lycées, puis longé l'avenue du Premier-Mars pour gagner le périmètre restreint de la Fête des vendanges. Malgré la pluie torrentielle, des jeunes cuvaient leur vin dans le Jardin anglais, sur des bancs publics ou à même le sol détrempé, parfois au milieu des plates-bandes fleuries qui s'étalaient dans leur déclin automnal.

La prostituée s'était glissée parmi la foule dense : ils avaient tous répondu présents en dépit des intempéries. Pour les Neuchâtelois, la fête ne devait en aucun cas être sacrifiée sur l'autel de la météo. Elle avait lieu, par tous les temps.

Cette nuit, on allait festoyer. Sous les capuches et les parapluies peut-être, mais on festoierait quand même, dignement, à outrance pour certains, avant de rentrer chez soi avec une boue de confettis collée sur les chaussures.

Après la place du port et ses carrousels, qui accueillaient essentiellement des familles et des collégiens, le secteur suivant affichait une autre population. Plus festive. On buvait et on chantait des airs populaires comme *Les Lacs du Connemara* ou *Alexandrie Alexandra*. On dansait. On draguait. Parfois la femme du copain.

Tout le monde semblait avoir déjà oublié que la ville avait été le théâtre d'un terrible attentat seulement trois jours auparavant.

C'est au moment où elle rejoignit la rue de l'Hôpital, d'ordinaire noire de monde, qu'Alba se rendit compte qu'elle s'approchait du périmètre interdit. Les gens semblaient éviter l'ouest du centre-ville, comme s'ils fuyaient une zone en quarantaine contaminée par la radioactivité. La rue du Seyon était déserte.

À partir de la Croix-du-Marché, il n'était plus possible de rejoindre la Place des Halles – scène du crime – dévastée par l'explosion. Seule la rue pavée montant au château et, sur la droite, la rue des Moulins demeuraient accessibles. Plongé dans le noir et le silence, le quartier de la vieille ville était lugubre.

Le clapotis de la pluie se répercutait de maison en maison.

Alba se réjouissait de regagner sa chambre au sec, tout en espérant que ni Berti Balla, ni cet abruti de Marku n'auraient remarqué son absence momentanée du *Perla Blu*.

Si besoin, elle raconterait qu'un client fortuné l'avait persuadée de le suivre dans un hôtel de la ville. Le *Beau-Rivage* les convaincrait du sérieux de la proposition et il lui faudrait puiser dans ses propres économies pour rendre le mensonge crédible. Une fois de plus, tout son argent profiterait au réseau. Mais elle se disait que ce serait un mai pour un bien. Elle était convaincue que, dans la vie, rien n'arrivait par hasard et que toute souffrance débouchait tôt ou tard sur une récompense.

Mais à vingt mètres du salon de massage, elle aperçut

les deux flics plantés devant la porte. Les mêmes que tout à l'heure, elle se rappelait parfaitement leur nom : le commissaire Tristan Kramer et l'inspecteur Justin Mollier. Ils étaient revenus. Pour elle.

Comment avaient-ils appris son intrusion dans l'hôpital Pourtalès et sa « visite » au procureur Jemsen ?

Elle s'était pourtant protégée en évitant de s'exposer à l'œil des caméras de vidéosurveillance. Elle ne pensait pas avoir fait d'erreur à cet égard.

Elle ne pouvait pas prendre le risque d'une arrestation, même provisoire. Quelques heures au poste lui vaudraient le déchaînement de Berti. Bien pire qu'une nuit entière dans un palace avec un client. Elle n'avait pas le choix.

Elle fit demi-tour et monta à pied en direction du château. À plusieurs reprises, elle dut faire attention de ne pas glisser sur les pavés transformés en véritable patinoire par les torrents d'eau. Peu après la tour des prisons, elle repéra une file de voitures garées sur la rue Jehanne-de-Hochberg et opta pour une vieille Ford Fiesta dépourvue d'électronique. Elle en força la serrure, puis le démarreur. Quand le moteur se mit à ronronner, elle démarra et prit la direction de Lausanne.

27

Aureola fut la première surprise lorsque son portable sonna, puis se remit en veille. Le numéro appelant était masqué. Elle était trop concentrée sur l'écran de son appareil, elle avait l'esprit trop embrumé par l'alcool et la coke pour se rendre compte que son contact se trouvait devant elle.

Kramer rangea son téléphone dans la poche de son pantalon. Il n'était pas sûr de comprendre qui l'avait appelé plus tôt dans la soirée. Il avait d'abord pensé à Alba, mais cette autre fille avait une voix similaire et, surtout, le même accent slave. Il décida de ne pas tourner plus longtemps autour du pot.

— Qui est Florent ? demanda-t-il au maître des lieux.

En posant la question, il ne quittait pas la pute des yeux.

Aureola ne réagit pas à l'évocation du prénom, trop occupée à rechercher qui avait tenté de l'appeler. En revanche, Mollier remarqua aussitôt les regards gênés qu'échangèrent Robert Balla et son homme de main.

— Comment voulez-vous que je le sache, commissaire ? se défendit Berti. Nous ne tenons pas de registre de nos clients.

— Je n'ai pas dit que c'était un client, corrigea Kramer.

— Dans ce cas, je ne vois pas très bien ce qu'un homme

avec un nom occidental viendrait faire ici, si ce n'est voir une de mes filles.

— Peut-être un électricien ou un plombier en charge de vos installations, ironisa Mollier.

— Impossible, sourit l'Albanais. Je n'utilise que de la main-d'œuvre locale. De mon pays, je veux dire. C'est moins cher.

— Et plus sûr, conclut l'inspecteur.

Le chef de l'ICS s'approcha d'Aureola, qui continuait de pianoter obstinément sur le clavier de son portable.

— Toi non plus, j'imagine. Tu n'as jamais entendu parler d'un certain Florent?

Elle leva les yeux et dévisagea Kramer avec incrédulité. Elle semblait avoir suivi de loin la discussion et répondit, avec un accent slave à couper au couteau.

— Jamais demander le prénom aux clients. Trop intime.

Les deux policiers comprirent qu'il ne servait à rien d'insister. Ils renoncèrent à interroger Marku. La brute ne dirait rien de plus en présence de son patron.

Quand la porte du salon de massages se ferma derrière les deux flics, Balla s'assura de leur départ à travers une petite fenêtre. Après les avoir vus s'éloigner sous la pluie, il revint vers son homme à tout faire. Il n'y eut qu'un échange de regards. Aucune parole. Aucun ordre. Marku avait parfaitement compris qu'il devait s'occuper d'Aureola.

28

Trois quarts d'heure séparent Neuchâtel de Lausanne. Alba pénétra dans le parking souterrain de la Riponne pour y abandonner la voiture volée. Prenant soin de cacher son visage sous la capuche de son sweat pour échapper à la vidéosurveillance, elle sortit par l'escalator qui aboutissait devant l'entrée de l'Espace Arlaud. Une exposition de peinture attirait quelques curieux, en dépit de la pluie battante. Derrière elle, le Palais de Rumine dominait la place. Par un temps pareil, les toxicomanes qui envahissaient d'ordinaire les lieux se faisaient plus discrets. Leurs dealers aussi.

Alba gagna rapidement la rue Neuve et s'engouffra dans un vieil immeuble. Elle gravit quatre étages avant de s'arrêter devant une porte. Elle hésita.

Ces lieux lui rappelaient le Kosovo et certains faits douloureux de son passé. Ils lui rappelaient surtout le «gros con». L'homme qu'elle avait sincèrement aimé et qu'elle avait quitté pour se jeter dans les bras de Berti Balla.

Jamais de sa vie elle ne s'était trompée à ce point. Mais par fierté, jamais elle ne le reconnaîtrait.

Immobile devant la porte du quatrième étage, Alba se repassait le film. Elle était devenue l'esclave sexuelle du maquereau albanais. Elle savait qu'elle ne lui échapperait plus. Sauf peut-être au prix de sa vie. Jamais Berti n'accepterait qu'elle passe une nuit entière à l'extérieur du salon, sauf, peut-être, si elle revenait avec une substantielle somme d'argent. Par chance, elle avait quelques économies. Mais seraient-elles suffisantes pour échapper à un châtiment corporel ? Elle en doutait. Et puis il y avait les deux flics qui étaient venus au salon. Non, cette fois, elle y aurait droit. D'une manière ou d'une autre. Berti s'en chargerait lui-même, s'il se montrait magnanime. Dans le cas contraire, elle subirait les foudres de Marku. La dernière fois, la brute lui avait cassé une dent et ouvert la lèvre inférieure. Elle se souvenait encore parfaitement du choc, et du goût amer du sang dans sa bouche.

Alba respira profondément, puis posa sa main sur la poignée de la porte, qui n'était pas verrouillée. Celle-ci s'ouvrit sur un appartement haut de plafond. Le parquet boisé grinça au premier pas qu'elle fit en entrant.

Une femme âgée se leva prestement de son canapé. Elle reconnut Alba, lui sourit et chuchota :

— Ne fais pas de bruit. Il dort.

DEUXIÈME JOUR

29

L'homme que les autorités avaient surnommé *Le Vénitien* avait retiré son masque de loup et sa robe noire de cérémonie. Revêtu d'une salopette de travail maculée de terre, il était redevenu celui que les habitants des Ponts-de-Martel connaissaient. Un citadin amoureux de la campagne, qui préparait activement sa retraite en retapant une vieille ferme neuchâteloise. La bâtisse délabrée était en bordure des tourbières.

La bâche qui recouvrait en partie le sol de la grange était maculée de sang frais. Cédant à son rituel, *Le Vénitien* déroula le tuyau d'arrosage pour nettoyer le plastique et les morceaux de corps éparpillés dessus. L'eau teintée de rouge s'infiltra entre les interstices du plancher. Quand les membres et le tronc découpés retrouvèrent une couleur chair légèrement jaunie, il les entassa dans une grande brouette.

La tête décapitée, dont la bouche carbonisée débordait de verre durci, vint couronner l'amas morbide. Puis il recouvrit le tout d'une couche de paille et se munit d'une bêche.

Le Vénitien n'aimait pas l'idée de faire disparaître ses œuvres. Mais en bon professionnel, il obéissait à ses commanditaires qui exigeaient qu'on ne retrouve jamais les corps. Il avait dissous les premiers dans l'acide, mais ce procédé radical ne lui laissait aucune garantie si ses affaires tournaient mal. Il avait donc opté pour un compromis, qui satisfaisait à la fois ses mandants et ses talents artistiques. Mais il était évidemment le seul à le savoir. C'était sa garantie en cas de litige avec son commanditaire.

Le meurtre de Martin Saudan lui avait procuré une jouissance sans précédent, qui avait atteint son paroxysme avec l'exhibition de son installation artistique. Bien entendu, ce mode opératoire comportait des risques supplémentaires, mais il était prêt à récidiver si besoin. Et il était convaincu qu'il le faudrait, car les flics n'avaient manifestement pas compris son avertissement. Un rappel ne serait pas de trop.

Chaque chose en son temps.

Dans l'immédiat, il devait faire disparaître ce corps anonyme. C'était celui d'un homme qu'il n'avait pas connu, mais qui, comme beaucoup d'autres, profitait du système. Un homme qui avait coûté cher à la société et dont personne ne signalerait la disparition, en tout cas pas au point de rameuter toutes les forces de police. Le sort de cet homme n'intéressait personne.

Le Vénitien fit coulisser une porte de la grange et poussa la brouette à l'extérieur. Il faisait froid et humide, mais il ne pleuvait plus. La lumière du jour peinait à faire son apparition. Timide, l'aube dévoilait un ciel gris. Une épaisse brume recouvrait la vallée des Ponts.

Le Vénitien se dirigea vers un ponton en bois surplombant les tourbières et prit la direction du Marais Rouge.

30

Il y avait eu la lumière blanche, le souffle, l'impression de voler, la douleur, la poussière, les vivants et les morts, les cris des secouristes, le voyage dans les limbes, l'ambulance, la sirène, les couloirs, la salle d'opération, le néant. L'esprit de Jemsen se focalisa sur le visage de l'homme à la serviette. Il essayait de mieux le visualiser, d'en reconstituer les traits. Mais malgré ses efforts de mémoire, ils restaient flous. Pourtant, le physique de cet homme ne lui était pas étranger. Il l'avait déjà vu. Peut-être même le connaissait-il.

Puis le film de sa mémoire glissa de l'homme de la place des Halles à l'ombre penchée sur son lit d'hôpital la nuit dernière. Ce parfum féminin. Il n'avait vu qu'une forme noire. Il ne saurait la reconnaître.

Durant la nuit, la police l'avait questionné à son sujet, sans succès. Kramer et Mollier pensaient que cette femme était venue pour l'achever, suite à l'attentat manqué contre lui. Il ne savait que penser. De l'attentat. De cette tentative de meurtre. De toute cette situation. Il n'avait qu'une seule certitude : ce n'était pas une femme qui avait oublié la serviette derrière son contact sur la place des Halles.

Seule Flavie Keller avait mis en doute les intentions de l'intruse. Il n'était pas sûr d'avoir compris pourquoi.

Mais une évidence demeurait : ni Flavie, ni lui n'avaient été tués la nuit dernière. Or, des professionnels n'auraient jamais manqué des cibles aussi faciles.

Sa greffière avait raison. Depuis le début, il sentait qu'elle était la seule personne en qui il pouvait avoir une confiance aveugle. Elle avait toujours été présente pour lui. Fidèle et dévouée.

— Flavie… Êtes-vous vraiment sûre qu'il n'y a jamais rien eu entre nous ?

31

— Certaine! répondit Flavie avec un sourire fatigué.

En entendant sa voix, Norbert Jemsen ouvrit les yeux. Un peu gêné, il se rendit compte qu'il venait de parler à haute voix dans son demi-sommeil.

Sa greffière était assise dans un fauteuil à côté du lit. Un oreiller soutenait sa nuque et une couverture masquait ses jambes. Elle avait passé le reste de la nuit dans la chambre 503 du HNE, à son chevet.

— Pourquoi êtes-vous encore ici, Flavie?

— Ça me regarde, se défendit-elle.

— Avec votre mari…?

— Je ne veux pas en parler.

— Vous avez subi un choc, cette nuit. Vous devriez…

— Je vais très bien.

Elle ne lâcherait pas prise. Ce devait être pour son côté têtu qu'il l'avait engagée.

— Parfait, dit-il. Dans ce cas, si vous voulez vous rendre utile, faites donc ce que vous m'avez promis hier soir.

— Promis?

— De me donner accès à la version informatisée des dossiers mis sous séquestre.

Elle parut embarrassée.

— C'est que…

— Quelle excuse allez-vous encore trouver ?

— Ça fait beaucoup de dossiers.

— Combien en avais-je en cours ?

— Une centaine.

— Est-ce un problème pour une clé USB ?

— Non. Ce n'est pas une question de taille de fichier. Mais ces derniers temps, vous vous êtes aussi intéressé à des dossiers archivés. Certains ne sont pas scannés.

— Lesquels ?

Flavie sembla hésiter et lâcha enfin :

— Les dossiers des disparitions inexpliquées.

— Pourquoi ont-ils été archivés ?

— Parce que les instructions n'ont pas abouti. Comme tous les actes d'enquête imaginables ont été effectués sans succès, elles ont été suspendues jusqu'à découverte de faits nouveaux.

— Ça représente combien de dossiers ?

— Une trentaine de cas non élucidés, répartis sur ces dix ou quinze dernières années.

— Avez-vous parlé de ces dossiers archivés à la police ?

— Non. Ni aux fédéraux, ni aux enquêteurs de l'ICS.

— Pourquoi est-ce que je m'intéressais à ces *cold case* ?

Le terme anglais surprit la greffière. Peu usuel dans le jargon juridique helvétique, elle ne l'avait jamais entendu dans la bouche de Jemsen.

— Vous disiez avoir peut-être trouvé un point commun entre ces disparitions.

— Lequel ?

— Vous ne m'en avez jamais parlé.

— À la police non plus ?

— Je ne sais pas…

Elle s'interrompit.

— Y aurait-il autre chose que vous voulez me dire ?

— Il y a encore cet autre dossier, qui est dans le coffre-fort du greffe. Celui-ci non plus n'est pas scanné, ni même enregistré dans Juris. Je suis la seule au courant de son existence, car vous m'avez demandé de ne jamais en parler à quiconque, sauf au procureur général si vous veniez à disparaître.

Jemsen s'énerva.

— Et c'est seulement maintenant que vous me le dites ?

— J'espérais que vous retrouveriez très vite la mémoire à votre réveil.

— Que contient-il ?

— Je ne sais pas. J'ai tenu ma promesse de ne jamais l'ouvrir. Au surplus, vous l'avez scellé.

Le procureur marqua sa surprise.

— C'est quelque chose que je faisais souvent ?

— Sceller un dossier ?

Flavie éclata de rire. Nerveusement.

— Bien sûr que non ! reprit-elle. Il n'y a que certains Parquets français qui font encore ça, avec le retour de commissions rogatoires exécutées. Ça fait tout de même un peu vieux jeu. Mais ça vous amusait.

— Ça m'amusait ?

— Je ne sais pas si c'est le terme. En tout cas, chaque fois que vous remettiez ce dossier dans le coffre-fort après l'avoir consulté ou complété, il était à nouveau scellé.

Jemsen regarda sa greffière quelques instants, sans répondre. Elle était belle, malgré ses cernes sous les yeux. La nuit n'avait pas été de tout repos, entre l'intrusion de cette femme et les questions de la police.

Il prit brusquement une décision :

— Je dois sortir d'ici.

Flavie Keller voulut protester, mais elle n'en eut pas le temps. Armé d'une mitraillette en bandoulière, le gendarme en faction dans le couloir pénétra dans la chambre. Après l'attaque de cette nuit, l'élévation du degré de vigilance avait été radicale. L'agence de sécurité privée avait été relevée par la gendarmerie.

— Pardonnez-moi, monsieur le procureur, s'excusa-t-il, en se mettant presque au garde-à-vous. On m'a chargé de vous annoncer que vous alliez recevoir la visite du Conseiller d'État Pierre Keppler.

Rue des Poudrières, le bâtiment administratif de la police était en effervescence. Tous les congés avaient été supprimés. En raison de la Fête des vendanges et des débordements consécutifs au match de Xamax. Vols à la tire, bagarres, conduite en état d'ivresse… Les cellules de garde à vue étaient pleines.

À l'étage de la PJ, Kramer et Mollier avaient réuni les hommes du commissariat ICS dans un grand bureau pour une réunion extraordinaire.

— Est-ce que les fédéraux vont se joindre à nous ? demanda un inspecteur.

— Je ne les ai pas conviés, répondit sèchement Kramer, exténué par une nuit blanche. Nous sommes ici pour faire le point sur l'assassinat de Martin. Pas sur l'attentat de mardi.

En présentant les faits, Kramer s'était gardé d'évoquer la piste des billes de verre et le lien avec *Le Vénitien*. Seuls Mollier et lui étaient au courant de la piste de Saudan. Ainsi, bien entendu, que le Conseiller d'État Keppler, avec lequel ils avaient rendez-vous à Chaumont en fin de matinée. Ça ne regardait pas les autres.

— Mais puisque tu parles de l'attentat, reprit Kramer, est-ce que tu sais si les fédéraux ont analysé les résultats de l'IMSI-catcher ?

L'IMSI-catcher est une machine peu connue du public et dont s'était équipée la police judiciaire fédérale. De la taille d'un gros ordinateur, transportable dans le coffre d'une voiture ou dans un hélicoptère, elle permet de prendre le contrôle de tous les téléphones portables d'un secteur donné. Il s'agit d'une puissante antenne de téléphonie qui, lorsqu'elle est activée, se substitue à toutes celles des autres opérateurs.

Immédiatement après l'attentat, la police judiciaire fédérale avait utilisé l'IMSI-catcher pour recenser toutes les cartes SIM qui se trouvaient dans le périmètre, sauvegarder leurs données et envoyer à chaque utilisateur un SMS ordonnant d'évacuer la zone, pour des raisons de sécurité. Pendant plusieurs minutes, l'antenne avait ensuite neutralisé et bloqué toutes les communications dans le secteur, afin d'empêcher tout contact par téléphone entre les éventuels terroristes qui se trouveraient encore à proximité. Le but était de les désorganiser et d'empêcher toute coordination en vue d'une potentielle réplique d'attentat.

— L'IMSI-catcher ? Je ne sais pas, répondit l'inspecteur.

— Alors, renseigne-toi et obtiens-moi une copie de ces données. Mais discrètement, s'il te plaît. Utilise ton contact à la PJF.

— Qu'espères-tu en tirer par rapport à l'assassinat de Martin ?

— Je ne sais pas encore.

Kramer se tourna vers un autre inspecteur et lui demanda :

— Toujours concernant l'attentat, est-ce que tu as obtenu du CURML la réponse que j'attends au sujet d'un prénommé Florent ?

— J'ai appelé l'unité de génétique forensique ce matin,

mais l'identification des morceaux de corps par comparaison ADN est encore en cours. Pour l'heure, aucun Florent ne figure parmi les victimes. En revanche, on m'a dit qu'il y avait un bug avec une analyse et qu'elle devait être refaite pour éviter toute erreur.

— De quoi s'agit-il?

— On n'a pas voulu me le dire avant confirmation scientifique.

Le commissaire fit la moue, mais n'insista pas. Il savait qu'il outrepassait ses compétences pour toutes les questions en lien avec l'attentat. Il en revint à l'assassinat de Saudan.

— Des nouvelles de l'autopsie de Martin?

— Les pompes funèbres ont amené le corps à Lausanne ce matin à la première heure. Elle aura lieu en fin de matinée. Un de nos gars du SF s'est rendu au CURML pour prendre des photos. Les premiers résultats seront communiqués par téléphone au procureur de permanence.

— Parfait. Et les prélèvements?

— Comme il fallait s'y attendre, la pluie a effacé toute trace exploitable. Le service forensique a tenté de prélever de l'ADN à l'intérieur des nœuds de la corde qui retenait le corps de Martin, mais il y a peu d'espoir.

— Ok. L'enquête de voisinage?

Un autre inspecteur prit la parole.

— Elle n'a rien donné. Chaumont est un bled paumé et ses rares habitants sont restés chez eux à cause des intempéries. Quelques courageux sont descendus à la fête, mais personne n'a vu quoi que ce soit d'inhabituel.

— Le contraire m'aurait étonné. Prépare un rapport pour le proc. Il faut qu'il demande la liste rétroactive des appels entrants et sortants sur le téléphone de Martin. C'est principalement la localisation des antennes déclenchées

103

ces dernières vingt-quatre heures qui m'intéresse. Et aussi une recherche par champ d'antennes sur Chaumont. Je veux la liste de tous les portables qui se trouvaient hier dans le secteur.

L'inspecteur acquiesça.

Kramer regarda sa montre et lança à Mollier :

— Justin, contacte Manuel Gallys. Demande-lui de nous rejoindre à midi au Locle avec le groupe d'intervention. Après notre rendez-vous de tout à l'heure avec le Conseiller d'État Keppler, il me tarde d'avoir une discussion avec ce petit con d'Alihan Satujev.

À l'aube, Alba Dervishaj vola une autre voiture dans le quartier retiré du Vallon et quitta Lausanne sur-le-champ. Elle fut à Neuchâtel en moins de quarante minutes.

Lorsqu'elle passa la porte du salon *Perla Blu*, tout le monde dormait. Pas un bruit, l'odeur de tabac froid et d'alcool frelaté. Elle regagna sa chambre à l'étage sur la pointe des pieds.

Elle veilla à ne pas faire grincer les marches de l'escalier en bois, dont elle connaissait chaque latte. Sur le palier, Alba écouta les ronflements légers d'une des pensionnaires, au bout du couloir, et se glissa jusqu'à sa propre chambre, en évitant les endroits sensibles du parquet. Elle baissa doucement la poignée sans serrure.

Berti interdisait à ses filles de verrouiller leur porte. Ni de l'intérieur, ni de l'extérieur. «Question de confiance», disait-il. Et il ajoutait, l'air mystérieux : «Pour des raisons de sécurité.» Sécurité, tu parles ! C'était comme de confisquer les passeports. Meilleur contrôle des esclaves. Alba n'avait jamais été dupe.

Elle ouvrit la porte sans un bruit et attendit de l'avoir refermée doucement derrière elle pour allumer. Quand la lumière rouge tamisée baigna la petite pièce, elle sursauta.

Berti était là.

Devant elle.

Couché sur le lit.

Les yeux ouverts.

Il ne bougeait pas.

Il la regardait fixement.

Elle crut un instant qu'il était mort.

— Tu rentres tard, lui dit-il calmement.

Surtout ne pas lui montrer qu'elle avait peur. Afficher une Alba sûre d'elle. Qui n'avait rien à se reprocher.

Elle plongea une main dans la poche de son pantalon et en ressortit une petite liasse de billets de banque, qu'elle jeta négligemment sur le lit, aux pieds de son mac.

— J'ai travaillé pour toi, répondit-elle.

Il se redressa, réunit l'argent et le compta lentement. Il y avait deux mille francs.

— Pas mal, dit Berti.

— Un seul client, ajouta-t-elle avec une fierté de petite fille.

Il se leva et se plaça devant elle, un géant.

— Pourtant, tu sais que je n'aime pas quand tu n'es pas là.

Il lui caressa la joue.

Elle baissa la tête.

— Désolée, je n'ai pas pu te prévenir. Le gars m'a emmenée au *Beau-Rivage*.

— Ce n'est pas grave, mon ange, répondit-il d'un ton paternaliste. Et d'une poigne ferme, Berti saisit les cheveux d'Alba et les tira si violemment en arrière, que des larmes de douleur coulèrent aussitôt des yeux de la prostituée.

34

Comme il l'avait exigé en présence des policiers Kramer et Mollier, le procureur Jemsen refusa que sa greffière quitte la chambre pendant la visite du Conseiller d'État.

Petit, chauve, une moustache mal taillée, des lunettes rectangulaires et un embonpoint marqué, le Conseiller Pierre Keppler semblait à l'étroit dans son costume clair à la cravate rouge trop courte. Difficile de lui donner un âge.

À côté de lui, un peu en retrait, Luc Autier détonnait complètement. Grand, svelte, des cheveux gris gominés et un visage creusé, il était vêtu avec élégance. En présence du Conseiller, il restait toujours muet, sauf si on lui demandait son avis. Mais surtout, il ne souriait jamais. Personne ne l'avait jamais vu sourire. On disait de lui qu'il était l'âme du château.

Le troisième homme ressemblait à Keppler, en plus jeune. Le procureur avait tout de suite reconnu Antoine Schnyder, l'ambitieux député qui présidait la commission judiciaire du Grand Conseil. C'est lui qui avait récemment ouvert la procédure de non-réélection pour incompétence et retards injustifiés à l'encontre de Jemsen.

— Comment vous sentez-vous, monsieur le procureur ? demanda le Conseiller d'État.

Visite de courtoisie, politesse de rigueur. Les trois

hommes s'étaient installés de part et d'autre du lit d'hôpital sur des chaises trop profondes.

— Très bien, je vous remercie, répondit le magistrat
avec la même hypocrisie.

— Parfait. Remettez-vous vite sur pied. La République
a besoin de vous.

Keppler fit un signe à Schnyder qui s'avança et prit
lentement la parole, un peu gêné.

— Je vous adresse les vœux de prompt rétablissement
du Grand Conseil, du groupe des députés PLR et surtout
les miens, monsieur le procureur…

Antoine Schnyder baissa les yeux, s'interrompit, puis
reprit d'une voix hésitante :

— Je suis chargé de vous dire aussi que la procédure de
non-réélection a été suspendue le temps que durera votre
convalescence. J'en ferai état mardi, lors de la prochaine
session du Parlement.

Le procureur Jemsen se contenta de sourire, mais ne
répondit rien. Sa greffière fusilla le politicien du regard.

Il y eut encore quelques échanges de banalités, avant
que les trois cravatés ne quittent la chambre 503 du HNE.

— Quelle bande de faux-jetons ! s'exclama la greffière
après leur départ.

Le procureur ne releva pas la remarque. Son esprit
était déjà de retour sur la place des Halles, focalisé sur le
visage de l'homme à la serviette. Comme un programme
informatique de reconnaissance faciale, sa mémoire faisait défiler tous les gens qu'il connaissait. Ni Keppler, ni
Autier, ni Schnyder ne correspondaient.

Le premier coup de poing lui écrasa le ventre et lui coupa le souffle. Alba Dervishaj s'écroula aux pieds de Robert Balla en suffoquant. Elle n'eut pas le temps de réaliser ce qui lui arrivait qu'un genou de son mac s'écrasait contre son menton. Sa tête fut projetée en arrière et ses vertèbres cervicales craquèrent. Du sang gicla de sa bouche. Elle tomba violemment contre le plancher.

— Une poule qui se prend pour un loup solitaire… ne peut que souffrir d'une sévère névrose, aboya l'Albanais.

Il appuya la semelle de sa chaussure droite sur la joue gauche de la prostituée, pour lui maintenir le visage contre le sol. Les lattes de bois accueillirent un flot de salive rosée.

— Berti… balbutia-t-elle. Je t'en supplie…

— Tu as tout compris. Supplie-moi !

Tout en la maintenant dans cette position plus qu'inconfortable, il alluma une cigarette. Son vice numéro un. Son bureau était rempli de cendriers *vintage*.

— Souviens-toi d'une chose, ma poule…

Il cracha une première bouffée de fumée.

— C'est moi qui t'ai façonnée. Sans moi, tu ne serais rien. Sans ta belle gueule et ton joli cul non plus, d'ailleurs. Avec qui tu étais, cette nuit ?

Alba était terrifiée.

— Avec un client. Au *Beau-Rivage*. Je te l'ai dit. Il m'a payée pour la nuit.

Elle n'avait jamais aligné une série de mots aussi rapidement.

— En es-tu certaine?

Avait-il pu vérifier? elle décida d'assumer son mensonge.

— Oui, gémit-elle.

Le mac tira une nouvelle fois sur sa cigarette, puis approcha le bout incandescent du bras d'Alba. Elle sentit l'intense chaleur à travers le tissu de sa chemise.

— Je te le jure. Je t'ai remis tout l'argent qu'il m'a donné.

— C'est plus que ce que tu me rapportes d'habitude, je dois bien l'admettre. Mais je déteste que tu ne me préviennes pas de ce genre de situation. Tu sais pourtant que je suis responsable de toi et que je me fais beaucoup de souci quand tu disparais comme ça. Or, je n'aime pas me faire du souci. C'est très mauvais pour mon cœur, selon mon médecin.

Relativement calme, il tira une fois de plus sur sa cigarette. Il prenait son temps. C'était son côté sadique avec les filles qui lui désobéissaient.

— Le stress engendre des minutes de vie en moins, reprit-il. C'est comme si tu m'avais blessé, Alba. Tu comprendras donc qu'en compensation du dommage que tu m'as causé, la somme que tu viens de me remettre ne sera pas déduite de ta dette à mon égard.

Une fois de plus, elle avait tapiné gratuitement pour le réseau. Fictivement, cette fois. Jamais Berti ne devait l'apprendre. Comme jamais il ne devait savoir pour Lausanne.

Il en allait de sa vie.

— As-tu compris ta faute ? reprit-il.

— Oui, répondit-elle en tremblant.

— Qu'est-ce qui me le prouve ?

Après la réparation financière venait la punition. Elle était en général corporelle. Alba s'attendait à voir entrer Marku dans la chambre. Ce fut comme si Balla avait anticipé ses pensées.

— Je t'aurais bien offerte en pâture à Hassan pour qu'il refasse ton éducation sexuelle, mais il est insensible au charme des femmes. Des hommes aussi, j'en ai bien peur. Seuls les jeunes garçons l'intéressent.

— J'ai compris, Berti, supplia Alba à nouveau. Je te le jure.

Elle était au bord des larmes. Le sang qui coulait dans sa bouche avait un goût amer.

— Je n'en suis pas sûr, ma poule. Aussi, je vais t'emmener voir un spectacle que tu n'es pas près d'oublier.

Il enleva son pied du visage de la prostituée et écrasa le mégot de sa cigarette sur le plancher.

— Lève-toi !

Elle lui obéit. Elle avait les jambes en coton et tenait difficilement debout. Par réflexe, elle porta une main à sa mâchoire pour s'assurer qu'elle n'était pas démise.

— On descend. Passe devant.

Elle s'exécuta.

Dans le couloir de l'étage, il n'y avait aucun bruit. Avec la mauvaise insonorisation des lieux, il était inconcevable que les autres filles n'aient rien entendu. Comme à chaque fois que l'une d'elles fautait, les autres ne s'en mêlaient pas et faisaient semblant de dormir.

Alba précéda Berti dans l'escalier. Une fois au cabaret, ils empruntèrent une petite porte qui menait dans les caves de l'immeuble. Taillés dans la pierre et le calcaire, les sous-sols de la vieille ville étaient humides et froids, gorgés de la fraîcheur du Seyon, la rivière souterraine de Neuchâtel.

Balla désigna une autre porte, qu'Alba ouvrit. Elle faillit crier. Hurler. Pleurer. Vomir. S'évanouir. Le spectacle auquel l'avait conviée Berti était insoutenable.

les roues du funiculaire dans elle avec la gaieté d'une personne qui avait déçu à vomir le restant de son propre sang paisible

36

Il ne pleuvait plus, mais le décor restait gris et détrempé. Plus le funiculaire s'élevait dans la tranchée entre les arbres, plus la vue se dégageait sur la berge nord et les eaux vert pâle du lac de Neuchâtel.

Keppler et Autier regardèrent avec dégoût les photos du corps de Martin Saudan.

— C'est l'œuvre du *Vénitien*? demanda le Conseiller d'État. Vous en êtes sûr?

— *Le Vénitien* ne revendique jamais ses actes, répondit Tristan Kramer. C'est un tueur à gages. Pas un terroriste. Mais vous le savez mieux que moi.

Pierre Keppler avala sa salive. À l'évidence, la situation lui avait échappé.

— Comment savez-vous que c'est lui?

Le commissaire de l'ICS montra du doigt l'excroissance de verre sculpté en forme d'oursin qui débordait de la bouche de la victime.

— Le service forensique a confirmé qu'il s'agissait de verre de Murano. Contrairement aux billes de l'attentat de mardi.

Le Conseiller d'État pâlit.

— Il a donc tenu parole.

— Vous avez joué avec le feu en l'engageant et vous

nous avez grillés en demandant à la police de le stopper. La mort de Martin est un simple avertissement. *Traquez-moi encore et vous mourrez.*

— Je ne pensais pas… murmura Keppler.

— Quoi donc, monsieur le Conseiller d'État ? ironisa Kramer. Que la menace était sérieuse ? Qu'il la mettrait à exécution ? Mais vous savez combien de personnes il a tuées pour vous ?

L'élu ne répondit pas. Constatant l'embarras de son chef de département, son Secrétaire Luc Autier prit la parole à sa place.

— La raison d'État ne vous regarde pas, commissaire.

La raison d'État. Le motif aurait fait sourire Justin Mollier, s'il ne lui avait fait perdre un collègue. L'inspecteur se contenta de fusiller du regard le haut fonctionnaire. Kramer reprit la parole.

— La raison d'État que vous invoquez ne tiendrait devant aucun tribunal et vous le savez. Vous êtes comme deux shérifs qui auraient voulu faire justice eux-mêmes. Vous avez…

— Nous nous passons de votre jugement, commissaire, reprit Keppler. Si vous nous avez fait venir ici, c'est pour trouver une solution à notre problème, non ?

— En bref, vous nous chargez de nettoyer votre merde, résuma Kramer.

— Échange de bons procédés, commissaire. D'après ce que m'a confié le Secrétaire Autier ici présent, qui est au service de l'État depuis bien plus longtemps que moi, il semblerait que mes prédécesseurs aient couvert certaines frasques de vos services pour lesquelles les inspecteurs Saudan et Mollier, ainsi que vous-même pourriez être derrière les barreaux depuis longtemps. Il n'y a pas encore prescription. Il serait regrettable que le dossier qui les décrit, avec moult preuves à l'appui, ne finisse entre de mauvaises mains.

Kramer sourit à Keppler. Mollier cracha aux pieds d'Autier, qui resta insensible à la provocation.

Le funiculaire poursuivait son ascension en direction de Chaumont.

— Vous avez conscience, reprit le commissaire, que si *Le Vénitien* nous trouve avant que nous ne parvenions à l'identifier, il nous éliminera jusqu'au dernier ?

— Nous y passerons peut-être avant vous, répondit le Conseiller d'État.

Il se tourna vers le Secrétaire de département.

— Luc, faites-lui voir ce que vous avez reçu.

Autier plongea la main dans la poche de son imper et en sortit un petit cercueil en verre, de la taille d'un pouce.

— C'était dans ma boîte aux lettres, ce matin.

Parfaitement sculpté, l'objet reposait dans la paume de la main du sexagénaire. Kramer comprit qu'il l'avait manipulé sans précaution particulière et que toute recherche de traces était compromise. Mais il savait aussi que *Le Vénitien* n'aurait pas fait ce genre d'erreur. Il pensa tout de même au timbre postal et à l'ADN qu'on pourrait trouver sur l'emballage.

— Et l'enveloppe ou le paquet qui contenait ce cercueil ?

— Il n'y en avait pas, répondit le Secrétaire. Il a été déposé tel quel à mon domicile d'Auvernier. Sans mot d'accompagnement.

Et dans un quartier sans caméra de vidéosurveillance, pensa Mollier, qui visualisait l'endroit où habitait Luc Autier.

— Vous en avez aussi reçu un ? demanda le commissaire au Conseiller d'État.

115

— Non, répondit Keppler. Mais il faut dire que c'est Luc qui a contacté *Le Vénitien*. Je n'ai jamais eu de contact avec cet homme et…

Kramer l'interrompit.

— Comment savez-vous que c'est un homme ?

— Bête déduction de ma part, répondit l'élu, pris au dépourvu. Dans mon esprit…

— … un tueur à gages ne peut pas être une femme, termina le chef de l'ICS.

— C'est cela.

Le commissaire se tourna vers Autier.

— Comment l'avez-vous contacté ?

— Par le *Darknet*.

— Réseau Tor ?

— Oui. Avec une connexion depuis un cybercafé de Pontarlier.

Dans le Doubs. De l'autre côté de la frontière. Toute vérification officielle requerrait l'envoi d'une commission rogatoire internationale au Parquet auprès de la Cour d'appel de Besançon. Outre le fait qu'il faudrait trouver un subterfuge pour convaincre un procureur suisse de l'ordonner, un tel acte d'enquête prendrait du temps. Et même si les techniques d'investigation avaient évolué et permettaient de remonter les connexions au *Darknet*, il n'y avait que très peu de chances d'identifier *Le Vénitien* par ce biais.

— Quand avez-vous perdu le contrôle ?

— Il y a un mois environ, répondit Keppler. Quand j'ai décidé de me passer de ses services.

— Il suffisait de ne plus le payer.

— C'est ce que nous avons fait.

— Alors, où est le problème ? Un tueur à gages n'agit que sur paiement d'avance ou d'un substantiel acompte.

— Pas lui. Il n'a pas apprécié la fin abrupte de nos rapports contractuels et il s'est mis à faire une grève… du zèle à l'envers.

— Il a continué à tuer sans être payé, traduisit Luc Autier.

Kramer et Mollier le savaient déjà. Jusque-là, c'est tout ce que le Conseiller d'État avait bien voulu leur avouer.

Le Vénitien s'attaquait à des anonymes, dont on ne retrouvait jamais les corps. De simples disparitions inexpliquées. Sauf pour les commanditaires Keppler et Autier, qui recevaient sur leur messagerie étatique des avis d'ordinaire rédigés par la police sur la base des signalements donnés par les familles. Mais dans ces cas précis, les formulaires précédaient les rares déclarations officielles des proches du disparu et étaient estampillés d'un symbole doré, le lion ailé de Saint-Marc.

— Qu'allez-vous faire ? demanda l'élu.

Le commissaire ne voulut pas leur parler des recherches techniques décidées au BAP plus tôt dans la matinée.

— Pour l'heure, l'assassinat de notre collègue Saudan ne nous permet pas de remonter la piste du *Vénitien*.

— Vous avez parlé tout à l'heure de l'attentat de mardi. Ne pensez-vous pas que c'est aussi son œuvre ? Une forme de montée en puissance d'un cerveau dérangé ?

— Non, nous ne le croyons pas, monsieur le Conseiller d'État. Plusieurs éléments nous laissent penser que l'explosion visait le procureur Norbert Jemsen personnellement et qu'il pourrait s'agir d'une basse vengeance d'un intégriste musulman bien connu de nos services.

— Alihan Satujev, compléta Mollier.

— Un petit con, reprit Kramer. Dangereux, mais pas assez courageux pour revendiquer ses actes. Satujev est avant tout un jeune demandeur d'asile tchétchène qui se branle devant des vidéos de décapitation de *Daesh*. D'une manière ou d'une autre, il a dû entendre parler du *Vénitien* et a tenté de lui mettre l'attentat sur le dos, en insérant des billes de verre dans la bombe.

— Si vous avez des preuves de ce que vous avancez, il faut l'arrêter.

— À ce stade, nous n'avons que des soupçons et c'est, au surplus, l'affaire de la police judiciaire fédérale. Mais la mort de Saudan nous fournit un prétexte pour intervenir contre Satujev. Nous avons rendez-vous au Locle à midi avec le groupe Cougar.

37

Les visages se transformaient dans l'esprit de Norbert Jemsen. Ses souvenirs voguaient entre son contact et l'inconnu à la serviette, à tel point que les traits des deux hommes finissaient par se mélanger.

Devant Flavie Keller médusée, il s'assit sur le rebord de son lit, arracha les bandes collantes qui retenaient la perfusion à son poignet gauche et retira le tuyau.

— Qu'est-ce que vous faites ? s'inquiéta la greffière.

— Il faut que je sorte d'ici.

— Pour aller où ?

— Je ne sais pas. Sur la place des Halles. Puis au ministère public.

— Qu'espérez-vous y trouver ?

— Mes souvenirs.

— Ils vont revenir. Patience.

— Patience… répéta-t-il sur un ton narquois. Je voudrais vous y voir, Flavie, à ma place. Ma mémoire fonctionne comme un vieux vinyle rayé. Je veux savoir. Comprendre.

— Mais vos blessures…

— Je ne suis pas mourant.

Il se leva et faillit perdre l'équilibre. Ça faisait plus de trois jours qu'il était alité et « nourri » au goutte-à-goutte.

Sous sa chemise d'hôpital ouverte dans le dos, il était nu. L'avait-on lavé durant son coma ? Il n'avait pas la réponse à cette question, mais se sentait poisseux.

— Où sont mes habits ? demanda-t-il à la greffière.

— Vos habits se trouvent soit entre les mains de la police scientifique, soit à la poubelle.

Logique.

— Personne de ma famille ne m'en a apporté d'autres ?

— Vous n'avez pas famille, répondit Flavie. Je serais bien passée chez vous pour vous en chercher, mais la police a placé des scellés sur votre appartement.

— Je ne vais quand même pas sortir nu d'ici ?

— À vrai dire, j'aurais préféré que vous ne sortiez pas d'ici du tout, soupira-t-elle.

Elle se pencha et plongea ses mains dans un grand sac de sport.

— Mais je vous connais, reprit-elle en sortant des vêtements masculins et en les jetant sur le lit à côté de lui.

— Vous m'en avez acheté ? s'étonna-t-il.

Elle lui sourit.

— Faut quand même pas pousser. Je n'ai que le salaire d'une greffière, pas celui d'un magistrat. Je les ai piqués dans l'armoire de mon mari. Il ne s'en rendra même pas compte.

— Il ne les met jamais ?

— C'est un banquier. Jeans, T-shirt et baskets, ce n'est pas son style. Même le dimanche. C'est un cadeau que je lui avais offert il y a cinq ans, pour plaisanter, le dérider un peu. Ces vêtements ne sont plus forcément à la mode, mais ils sont neufs.

Jemsen regarda par la fenêtre de la chambre 503. Les projecteurs du stade de la Maladière perçaient le ciel gris. Il devait faire particulièrement froid dehors. Il s'apprêtait à faire une remarque sur le T-shirt, lorsqu'une veste d'automne atterrit à côté de lui.

— Je sors dans le couloir pendant que vous vous habillez, lui lança Flavie en s'éloignant vers la porte.

Elle fut stoppée dans son élan par l'arrivée d'une infirmière. Constatant la situation, celle-ci appela aussitôt un médecin. Une discussion houleuse commença entre les protagonistes. Quand ils se rendirent compte de la détermination de leur patient, ils baissèrent les bras. Après lui avoir exposé les risques de sa décision et s'être assuré de son consentement éclairé, ils lui firent signer une décharge.

38

La cave suintait l'eau de pluie de la veille. Il y faisait froid. À la clé de la voûte, un anneau solidement ancré dans la pierre soutenait une chaîne. Au bout de celle-ci, deux bracelets métalliques enserraient les poignets d'une fille et maintenaient ses bras en l'air. Elle était entièrement nue, la pointe de ses pieds touchait à peine le sol terreux.

En dépit des cheveux poisseux, du visage marqué par les coups et des yeux révulsés de la prisonnière, Alba la reconnut.

Les blessures à la tête et les brûlures de cigarette sur les bras n'étaient pas le pire. Alba en avait vu d'autres en six mois. Le « spectacle » que lui avait promis Berti se situait plus bas, en dessous des épaules.

À partir de la poitrine, Aureola n'était plus qu'une plaie. Marku se tenait à côté d'elle, un couteau à la main. La brute lui avait tranché les seins.

Le sang ruisselait sur le corps dénudé, pour former une flaque visqueuse aux pieds de la malheureuse. Les deux amas de chair coupée gisaient dans la mare pourpre.

Devant l'indescriptible, Alba se laissa tomber sur les genoux et se mit à sangloter nerveusement.

— Pourquoi vous l'avez tuée ? balbutia-t-elle.

— Elle est encore en vie, répondit calmement le mac albanais en rallumant une cigarette. Plus pour très longtemps, c'est vrai.

— Qu'est-ce qu'elle vous a fait?

— Elle a téléphoné aux flics.

Alba comprit. En subtilisant le portable d'Aureola pour appeler Kramer, jamais elle n'aurait pensé que Berti et Marku iraient jusqu'à une telle extrémité. Elle avait imaginé un châtiment corporel plus ordinaire.

Face à l'horreur de la situation, elle voulut hurler, défendre Aureola, leur crier qu'elle n'avait rien fait, que c'était elle qui les avait trahis. Elle se recroquevilla et croisa ses bras sur sa poitrine pour tenter de faire disparaître l'angoisse qui la tenaillait. Quand elle sentit ses seins, elle s'imagina à la place d'Aureola. Elle l'avait piégée pour une banale histoire de jalousie entre filles.

— Pourquoi… pleura-t-elle.

Balla joua les étonnés, tout en recrachant une bouffée de fumée.

— Tu ne vas quand même pas la plaindre?

— Vous n'étiez pas obligés de…

— Tu aurais préféré prendre sa place?

Alba ne répondit pas.

Son mac reprit:

— Elle a essayé de t'y envoyer, tu sais? Elle a tenté de nous faire croire que tu n'avais jamais été incarcérée à Lonay.

La remarque surprit Alba. Elle releva la tête pour fixer Berti dans les yeux. Derrière ses larmes brillait toujours le regard du loup solitaire.

— Bien sûr que si! ragea-t-elle. Pourquoi a-t-elle prétendu ça?

— Elle a prétendu qu'elle avait été détenue à Lonay

à la période où tu disais y être, mais qu'elle ne t'y avait jamais croisée.

— Foutaises ! C'est elle que je n'ai jamais vue là-bas.

Balla sourit.

— Du calme, Alba, du calme. Nous le savons. Nous avons tout contrôlé. C'est toi qui dis la vérité. En revanche, nous ne savons pas encore pourquoi Aureola a menti. Même sous l'effet de la douleur, elle n'a rien voulu lâcher.

— Dans ce cas, qu'est-ce que je fais ici ? s'inquiéta-t-elle.

— Je veux que tu voies comment je remercie les traîtres.

Elle tenta de simuler un regain d'assurance.

— C'est bon, j'ai vu. Cette pute a sûrement mérité son sort. On peut remonter ?

Berti la regarda, amusé. Puis la noirceur envahit ses yeux et il la saisit à nouveau violemment par les cheveux pour lui tourner la tête en direction d'Aureola.

— Je veux m'assurer que tu aies bien compris. Le spectacle n'est pas terminé.

Le maître des lieux fit un signe à Marku. Sans dire un mot, le gorille se tourna vers sa victime et, d'un geste dépourvu d'hésitation, il enfila la lame du couteau dans son vagin.

La douleur fit reprendre conscience à la prisonnière, qui émit un long râle. Elle n'avait plus la force de crier.

Par un rapide mouvement de va-et-vient dans la chair de la prostituée, l'acier buta contre l'os du pubis, l'évita, puis remonta jusqu'au sternum. Aureola se mit à trembler de tout son être et à vomir de l'écume comme une épileptique. Quand les viscères quittèrent l'abdomen pour s'écraser sur le sol à côté des deux seins sectionnés, sa tête retomba d'un coup sur le haut de son buste. Elle ne bougeait plus. La mort l'avait libérée.

Robert Balla avait raison. Jamais ces images ne quitteraient l'esprit d'Alba Dervishaj.

— Tu me nettoies tout ça, ordonna-t-il calmement à Marku, comme s'il s'était adressé à un serveur chargé de balayer les débris d'un verre cassé.

39

Dans le reste du monde, le cougar désigne un fauve dangereux ou une femme se nourrissant de chair fraîche. À Neuchâtel, le Cougar – *Courage Organisation Unité Groupe Action Rapide* – est le groupe d'intervention de la police, un commando de l'ombre qui réveille en sursaut les voyous et hante les cauchemars des criminels. Ses hommes sont des spectres noirs, les croquemitaines de la pègre. Lorsque l'on voit un homme du Cougar, c'est que l'intervention est terminée. La cagoule sert à garantir leur anonymat. Le reste – casque, gilet pare-balles, ceinture de charge et armement – se passe d'explication.

Ce matin-là, les spectres noirs se faufilèrent dans les couloirs d'un meublé de la rue Henry-Grandjean sans faire le moindre bruit, malgré leur lourd équipement. L'immeuble en question était réservé aux logements sociaux et occupé en grande partie par des demandeurs d'asile.

La rue Henry-Grandjean est l'une des artères importantes de la petite ville du Locle. Les maisons de cette cité industrieuse, mondialement connue pour ses ateliers d'horlogerie, sont uniment grises, serrées au fond d'une vallée dont l'axe principal est engorgé de frontaliers venant travailler en Suisse. Le Locle n'est pas l'endroit auquel on penserait immédiatement pour passer sa lune de miel. Et pourtant la ville s'est bizarrement autoproclamée *Capitale mondiale de la Saint-Valentin.* Le magazine *Bilanz* l'a classée à plusieurs reprises comme la ville la moins attrayante de Suisse. Un élu communal avait réagi en portant un T-shirt au slogan sans équivoque : *Le Locle va bien. Le Locle est fort. Le Locle vous emmerde.*

Sur la photo de son profil Facebook, Alihan Satujev portait ce T-shirt. Alihan l'islamiste, qui connaissait aussi bien l'islam que nous connaissons vous et moi le bouddhisme, adressait un doigt d'honneur à l'objectif. Le *selfie* était à l'image de son auteur, immature.

D'après les heures de ses connexions usuelles sur les réseaux sociaux, la police avait établi que le jeune Tchétchène était un oiseau de nuit. En intervenant en plein après-midi, la police était sûre de le surprendre dans son sommeil.

Parvenu devant la porte d'Alihan, Manuel Gallys, le chef du groupe d'intervention, fit signe à l'un de ses hommes d'approcher avec « Toc Toc », surnom donné par le Cougar à son bélier artisanal, un rail de chemin de fer.

L'homme approcha.

Le *go* fut donné.

Le lourd objet s'abattit contre la serrure.

La porte et son cadre volèrent en éclats.

— Police ! hurlèrent à plusieurs reprises les membres du GI en pénétrant dans les lieux.

Ils renversèrent un petit meuble à l'entrée et se partagèrent en deux groupes, un dans le salon, un dans la chambre. Le Cougar s'était procuré auprès de la gérance un plan précis de l'appartement. Rien ne devait être laissé au hasard. Il n'y avait pas de place pour la surprise, sauf pour l'occupant du logement.

Comme prévu, ils le trouvèrent dans son lit. Réveillé par le vacarme, Satujev sursauta et cria. Il voulut glisser une main sous son oreiller, mais n'en eut pas le temps.

En une fraction de seconde, il fut retourné comme une crêpe et se retrouva sur le ventre, les deux bras dans le dos. Dans un ultime élan de défense, il voulut résister, mais un coup de genou placé entre deux côtes le détendit. Les menottes se refermèrent autour de ses poignets.

Une flaque d'urine inonda son training et son matelas. Une odeur d'excréments envahit aussitôt la pièce.

— Ce petit con s'est fait dessus, lâcha un des hommes en noir.

— La cible est maîtrisée, cria un autre à l'intention de ceux qui étaient restés en retrait dans le couloir de l'immeuble.

Kramer et Mollier entrèrent à leur tour dans le logement occupé par le jeune Tchétchène.

— Vous n'avez pas le droit d'être là !

L'agent de sécurité les interpella au moment où ils franchissaient le périmètre que délimitaient des grillages. Jemsen ne l'écouta pas et pénétra dans le champ de ruines. Flavie Keller attendit l'homme en uniforme gris vers la rubalise qu'ils avaient écartée. La bande plastifiée alternant le rouge et le blanc affichait en gros caractères noirs « police – zone interdite ».

Elle sortit sa carte officielle et la plaça sous le nez de l'intervenant.

— C'est le procureur Norbert Jemsen et je suis sa greffière.

L'agent privé lut le document et balbutia :

— Très bien, je… On ne m'avait pas prévenu de votre passage.

— Car nous n'avions pas à le faire, répondit crânement Flavie.

— Pourtant, le règlement…

— Le ministère public a toute autorité sur la police et non l'inverse, non ?

Elle savait qu'elle s'adressait à un non-juriste et en profita. Mais elle savait aussi que l'agent allait informer sa hiérarchie pour s'assurer qu'il ne commettait pas d'erreur.

Quand il s'excusa de son intervention et la laissa entrer dans le périmètre, elle rejoignit aussitôt Jemsen avec l'intention de lui dire qu'il ne fallait pas s'attarder ici. Mais elle eut le souffle coupé en découvrant le paysage infernal.

La place des Halles ne ressemblait plus à celle qu'elle avait connue.

Après le travail des secours et les premières recherches de la police scientifique, les gravats avaient été grossièrement rassemblés par matière, en tas difformes. Pavés. Terre et sable. Ferraille. Les fenêtres des établissements publics étaient recouvertes de panneaux en bois. Noircis par la boule de feu, les murs des maisons étaient mutilés par les impacts de la bombe. La place n'était plus qu'un vaste chantier, qui tentait de faire oublier que quatre jours plus tôt, elle était devenue un cimetière pour des dizaines d'innocents.

Lorsqu'elle parvint à côté de Jemsen, Flavie constata avec effroi le grand cratère devant le bar Le Chariot. On n'en voyait pas le fond. Il était inondé d'une eau de pluie rendue jaunâtre par la terre et la boue du soi. Le procureur regardait dans le trou sans broncher. Il semblait perdu dans ses souvenirs, qui peinaient à refaire surface.

Il pleurait.

Elle lui prit la main.

Et pleura à son tour.

Jemsen regardait. Autour du cratère, les pavés restaient en suspension dans l'air et formaient comme un grand damier en trois dimensions, au milieu duquel il pouvait se promener. Sa mémoire avait provoqué un arrêt sur image. Il était le seul à pouvoir évoluer dans ce décor figé.

Entre les cubes de pierre, d'autres éléments flottaient dans l'espace. De la terre et des lames de feu. Du fer et des billes de verre. Des bras, des jambes et des morceaux indéfinis de chair humaine.

La poussière obscurcissait le soleil, comme le choc avait obscurci ses souvenirs.

Le film se rembobinait au ralenti. Petit à petit, les objets firent marche arrière pour reprendre leur place. Les flammes s'estompèrent. La terre et les pavés rebouchèrent le cratère. Les bouts de ferraille se soudèrent pour réinstaller la terrasse, avec ses tables, ses chaises et ses parasols. Les corps se rassemblèrent. La vie reprit. Le soleil réapparut.

Son contact lui sourit. C'était lui. Il n'y avait pas de doute. Il correspondait à l'homme de la photo qu'il venait de regarder sur le profil Facebook, Florent-P.

Florent...

Norbert Jemsen connaissait Florent. Il sentait même qu'ils étaient proches. Ou qu'ils avaient été proches. Les années d'absence de Florent et la distance géographique les avaient éloignés. Mais ils avaient repris contact. Récemment.

Florent voulait lui parler. Pas du passé. Pas d'eux. Il était question d'un réseau criminel, de prostitution, de traite d'êtres humains. Florent avait rassemblé des preuves. Il avait profité d'une mission à l'étranger pour le faire. Il avait infiltré la pieuvre, établi des contacts avec des filles exploitées, gagné la confiance des uns et des autres, joué sur les deux tableaux.

Là-bas.

Au Kosovo.

Patrie de l'homme à la serviette.

Jemsen l'avait déjà vu avant l'attentat. Peut-être pas en personne, mais en tout cas sur photo. Il en était convaincu.

Sa mémoire venait de rompre le blocage.

41

— Qu'est-ce que tu foutais avec un flingue sous ton oreiller, Alihan ?

Menotté dans le dos, le Tchétchène était assis sur son lit. Il regarda le Makarov que la police avait emballé dans une poche en plastique, puis il cracha aux pieds de Tristan Kramer.

— Je ne parle pas avec les *kouffars*, lâcha-t-il dédaigneusement.

Mollier voulut le frapper.

Le chef de l'ICS retint son geste.

— Inutile, Justin. Dis aux gars du GI qu'ils peuvent descendre au BAP avec cette merde. On l'interrogera à Neuch. Mais qu'ils le passent au karcher avant. Il pue.

— Normal, sourit l'inspecteur en regardant le jeune homme de manière provocatrice. Quand on est incontinent…

Satujev s'énerva aussitôt.

— Va baiser ta mère, bouffon ! Et fais-le pendant qu'elle peut encore te reconnaître. Parce que quand ta tête sera séparée de ton corps, ce sera plus difficile pour elle.

Deux membres du Cougar emmenèrent le Tchétchène, pendant que les enquêteurs de l'ICS retournaient l'appartement de fond en comble, à la recherche du moindre indice. D'ordinaire, les perquisitions étaient plus respectueuses que dans les films américains. Mais ce locataire n'inspirait aucun respect.

— Qu'est-ce qu'on fait de l'arme ? demanda Mollier.

— Envoie-la à la balistique, répondit Kramer.

Les deux pièces du logement étaient tapissées de drapeaux à la gloire de *Daesh* et de posters du gang *Jamahat*. Initialement conçu comme groupe de rap, *Jamahat* s'était rapidement mué en bande organisée se livrant au trafic de marijuana et à divers actes de violence à l'encontre de ceux qui se mettaient en travers de sa route. Généralement des débiteurs ou des concurrents, mais toujours des personnes sans défense. Lors du procès des «têtes pensantes» de la bande, leur lâcheté avait été soulignée par le procureur et les médias. À l'époque, Satujev faisait partie des seconds couteaux, des exécutants, des suiveurs sans cervelle. Faute d'antécédents pénaux et en raison de son jeune âge, il avait échappé à une lourde peine.

— Regardez ce qu'on a trouvé, intervint un inspecteur de l'ICS.

42

Accoudé au comptoir, Luc Autier pestait contre le café qu'on lui avait servi. Comment osait-on vendre une telle lavasse dans son canton ? Le café imbuvable et le décor sinistre où il attendait son patron poussaient le Secrétaire général à ressasser la tournure qu'avaient prise les événements.

De tous les Conseillers d'État qu'il avait épaulés durant ces huit dernières législatures, Pierre Keppler n'était certes pas le pire. Mais pas le meilleur non plus. Ce qu'il ne comprenait pas, c'est pourquoi un homme d'une intelligence supposée supérieure à la moyenne pouvait se laisser aller à de telles bassesses.

J'ai besoin de décompresser, se justifiait l'élu.

Vous *n'avez qu'à faire du sport comme votre prédécesseur*, répétait inlassablement son Secrétaire, en lui faisant comprendre que les risques qu'il prenait étaient inutiles.

Je ne peux pas m'en passer. C'est comme une drogue.

La vibration du portable posé sur le comptoir tira Autier de ses méditations. C'était Kramer. Il répondit. Son interlocuteur zappa les formules de politesse et demanda brutalement :

— Vous pouvez me passer Keppler ?

— Il est momentanément indisponible, répondit Autier.

— Vous n'êtes pas au château?

Kramer parlait fort, on entendait tout ce qu'il disait, comme si l'amplificateur était branché. Autier jeta un coup d'œil, le bar était vide, mais il appuya le portable contre son oreille.

— Nous sommes samedi, commissaire. Le Conseiller d'État a d'autres occupations. Transmettez-moi vos informations et je les lui ferai suivre.

— On termine à l'instant avec Alihan Satujev.

— Il a avoué?

— Non. Il a exigé la présence d'un avocat qui l'a conforté dans son droit de refuser de répondre à nos questions.

— Et la perquisition?

— Pas grand-chose. On a perdu beaucoup de temps au Locle. Un de mes hommes a trouvé un peu de marijuana et du fric en petites coupures, cachés dans le four à micro-ondes.

— Trafic?

— C'est évident. Mais vu la faible quantité de drogue, on en reste au stade de dépanne entre potes. Rien de plus.

— Vous avez fait intervenir un chien?

— Non. C'était trop tard. Mes gars avaient déjà retourné une bonne partie de l'appartement et compromis les traces olfactives. Il aurait fallu commencer la fouille avec le chien, mais nous ne sommes pas intervenus dans l'idée de chercher de la came. Nous avons quand même renseigné le piquet des stups, mais il n'a pas voulu se déplacer.

— Et pour la bombe?

— Rien non plus. Pas d'explosif. Pas de billes de verre. Pas de composants électroniques. Et si c'est votre question, pas de chien explo non plus. Notre brigade canine

135

n'en a pas et je ne vois pas comment nous aurions pu justifier le déplacement d'un policier genevois ou zurichois avec son animal. L'attentat de mardi dernier est une affaire fédérale et la justification de notre intervention de cet après-midi repose sur l'assassinat de Martin Saudan.

Autier savait que Kramer jouait sur les mots.

— Aucun indice à ce sujet non plus ?

— Aucun.

— Donc, ce Satujev n'est pas *Le Vénitien* ?

— Je n'ai pas dit ça. Il reste un suspect potentiel, mais je ne l'imagine pas en tueur à gages. Il est trop jeune et surtout trop con. En revanche, je l'imaginerais assez en *copycat* du *Vénitien* en ce qui concerne l'attentat de mardi.

— Mais vous n'avez rien trouvé qui le relie à cet acte barbare ?

— Non. Tout au plus une photo de Norbert Jemsen collée contre le miroir de la salle de bains et un pistolet Makarov 9 mm.

— Ah quand même !

— Oui, mais ça n'en fait pas encore un poseur de bombe. On sait que Satujev voue une haine tenace au procureur qui l'a fait tomber avec les autres membres du gang *Jamahat*.

— D'accord. Mais au moins, avec ce que vous avez trouvé, vous allez quand même pouvoir le renvoyer derrière les barreaux.

Kramer hésita avant de répondre.

— J'aurais bien voulu, mais le procureur de permanence ne l'a pas entendu ainsi. Il vient de nous ordonner de le relâcher.

— Vous plaisantez ?

— Hélas non. Il prétend que les éléments que nous avons ne sont pas suffisamment probants pour justifier une détention provisoire.

136

— Et la drogue ?

— Satujev a prétendu que c'était pour sa consommation personnelle.

— Malgré la présence de l'argent ?

— Il n'y a que quelques centaines de francs. À peine plus que la somme mensuelle qu'il reçoit des services de l'asile. Il a déclaré que c'étaient des économies.

— Vous pourriez trouver ses clients ?

— Pas le temps. Et on risque de dépenser beaucoup d'énergie pour rien. Les amis de Satujev ne sont guère plus bavards que lui.

— Le pistolet ?

— Notre service forensique a effectué des tirs de comparaison cet après-midi. Négatifs. On ne peut relier cette arme à aucune affaire en cours ou classée.

Autier se montra inquiet, ce qui d'ordinaire ne lui ressemblait pas.

— Dans ce cas, commissaire, il faut intensifier la surveillance à l'hôpital.

— Je crains que ce soit devenu impossible, répondit Kramer.

— Et pourquoi donc ?

— Parce que le procureur Norbert Jemsen a décidé de quitter le HNE en fin de matinée… Une autre source nous a communiqué qu'il avait été vu cet après-midi, avec sa greffière, à la place des Halles.

Le Secrétaire général remercia son interlocuteur de tous ces renseignements et raccrocha. Il se demandait comment il allait résumer le tout à son chef de département qui tardait à redescendre de l'étage, quand il fut interrompu par le tenancier de l'établissement.

— Vous désirez encore un café ? demanda l'homme de deux mètres à l'accent albanais.

— Non merci, répondit Autier, avec une moue dégoûtée. Il n'avait pas terminé sa première tasse.

— Votre boss prend son temps, aujourd'hui.

Autier dévisagea son interlocuteur et remarqua qu'il avait un petit sourire moqueur. Il savait qu'il s'appelait Robert Balla et que dans le milieu, on le surnommait Berti. C'est en tout cas comme ça que les flics parlaient de lui. Autier n'aimait pas l'idée qu'un tel homme puisse détenir un secret susceptible de coûter sa place à Pierre Keppler. Ce n'était pas tant le souci de protéger le Conseiller d'État en personne qui le rongeait, que celui d'éviter à l'État de Neuchâtel un nouveau scandale politique.

— C'est sûrement la nouvelle fille que je lui ai mise entre les pattes qui lui fait de l'effet, reprit l'Albanais en nettoyant un verre.

— Il n'est pas avec son rendez-vous habituel ? s'inquiéta Autier.

— Non, répondit Berti. Aureola n'était pas disponible ce soir.

— Pour quelle raison ?

— Elle souffrait de maux de ventre.

Autier n'aimait pas la tournure prise par les événements. Il sentait que la situation leur échappait. En fait, Keppler et lui ne contrôlaient plus rien depuis qu'ils avaient mandaté *Le Vénitien* l'année dernière.

— Tout compte fait, servez-moi une pression.

Norbert Jemsen et Flavie Keller avaient quitté le périmètre interdit de la place des Halles pour rejoindre les locaux du Ministère public, loin des festivités qui battaient leur plein, à l'est de la ville. Ils y passèrent le reste de l'après-midi.

Pendant que sa greffière ressortait des archives les dossiers des disparitions non élucidées, le procureur s'était plongé dans l'unique dossier que contenait le coffre-fort du greffe. Les données qu'il contenait ne justifiaient pas en soi son caractère secret.

Succincte, la première page était une ordonnance d'ouverture d'instruction visant un certain *Robert Balla, alias Berti* et, sans plus de précisions, des inconnus. Le document mentionnait plusieurs articles de loi.

Art. 182, 195, 200 et 260ter CP.

Jemsen interpella Flavie.

— Qu'est-ce que ça veut dire ?

Elle lut l'ordonnance, puis soupira.

— C'est vous, le juriste. Pas moi.

Elle prit une édition du code pénal dans une bibliothèque murale et la tendit au procureur. Il l'ouvrit et rechercha à quoi correspondaient les articles. Ils concernaient le trafic d'êtres humains et l'encouragement à la prostitution commise dans le cadre d'une organisation criminelle.

— Flavie, que savez-vous au sujet de Robert Balla ?

— Berti ? Tout Neuchâtel connaît Berti. C'est une ordure que la police et la justice n'ont jamais réussi à coincer. Dès son arrivée en Suisse il y a une dizaine d'années, on l'a soupçonné de trafics en tout genre. Héroïne, cigarettes, alcool, armes, jeux clandestins et j'en passe. Il n'a jamais été arrêté. Aujourd'hui, les rumeurs disent que son salon de massages serait une façade pour blanchir l'argent du trafic de drogue. Mais c'est comme pour les échoppes à kebab ou les bars à chicha qui poussent comme des champignons. Ce sont des soupçons invérifiables.

Jemsen parcourut une série de notes téléphoniques, sans texte. Elles ne mentionnaient qu'une date, le prénom du contact et un numéro étranger à treize chiffres. Pas de texte, ni de transcription.

— Qui est Florent ?

La greffière lut à son tour et écarquilla les yeux.

— Je ne sais pas. Je vous rappelle que vous ne m'avez jamais montré ce dossier, ni parlé de son contenu avant aujourd'hui.

— Vous ne l'avez jamais ouvert en douce ?

— Jamais.

— Pourquoi ?

— Parce que vous me faites confiance et que c'est le plus important pour moi. Jamais je ne trahirai votre confiance.

La réponse de Flavie plut à Jemsen, même s'il n'était pas plus avancé.

— Et Florent P., ça vous dit quelque chose ?

— Florent P. ?

— Oui. Son nom de famille doit commencer par un P.

— D'où tenez-vous cela ? Je ne vois pas ce nom dans les notes téléphoniques.

— De ma mémoire.

Les yeux de Flavie s'illuminèrent.

— Les souvenirs vous reviennent ?

— Au compte-gouttes.

— Vous n'auriez pas dû sortir de l'hôpital. Je suis sûre que c'était trop tôt. Vous avez entendu les médecins ?

— Je les emmerde.

Cette grossièreté surprit la greffière. Elle n'avait pas l'habitude d'entendre jurer le procureur. Elle voulait lui faire une observation, dire quelque chose, mais Jemsen ne lui en laissa pas le temps. Il lui montra une photo.

— Et elle, vous la connaissez ?

En voyant la femme, le cœur de Flavie fit un bond. Elle ne put cacher sa surprise.

— Oui, bien sûr !

La détermination qu'elle mit dans sa réponse piqua Jemsen au vif.

— Et qui est-ce ?

— C'est la femme qui est entrée dans votre chambre d'hôpital la nuit dernière.

Et qui m'a embrassée... pensa-t-elle. Mais elle s'abstint de le préciser, comme de parler de ce parfum qu'elle avait senti un peu plus tôt sur la peau de son mari.

— Comment s'appelle-t-elle ? demanda la greffière.

— Le dossier ne le précise pas.

— Il n'y a pas de nom au dos de la photo ?

Le procureur la retourna.

— Non. En revanche, il y avait ce document joint à la photo.

Jemsen tendit le papier à Flavie, qui le lut.

— On dirait un projet de mandat d'amener, commenta-t-elle.

— Je sais lire.

— Il est au nom d'Alba Dervishaj. C'est cette fille ?

— Peut-être. Comment le savoir ?

— Il y aurait bien un moyen.

— Lequel ?

— Activer ce mandat d'amener.

— La police saurait où la trouver ?

— C'est indiqué sur le mandat.

Le procureur parcourut les détails de l'identité d'Alba Dervishaj, jusqu'à une adresse à la rue des Moulins en ville.

— Le *Perla Blu* ? Qu'est-ce que c'est ?

— La Perle Bleue, en français. C'est le nom du salon de massages de Robert Balla.

Les pièces du puzzle s'assemblaient les unes après les autres, mais Jemsen peinait encore à voir une image concrète. L'adrénaline lui faisait oublier la douleur qui commençait à se réveiller au niveau de la partie gauche de son visage, sous les bandages.

— Flavie, si je signe ce mandat, vous croyez que la police accepterait d'aller chercher cette Alba Dervishaj et de l'amener ici ?

— C'est le but d'un mandat d'amener, sourit-elle.

— Je veux dire… en plein week-end ?

— Le procureur ordonne, la police obéit. C'est ce que vous répétez tout le temps.

La greffière regarda sa montre.

— Il est un peu tard pour ce soir, reprit-elle. Si je transmets ce mandat au SDS d'ici trente minutes, il pourrait être exécuté demain matin à la première heure.

Le SDS désignait le service de documentation et de signalements de la police neuchâteloise.

— Parfait, dit Jemsen. Que fait-on d'ici là ?

— Je doute que la police ait retiré les scellés sur votre appartement. Et il est hors de question que vous restiez seul cette nuit. Je vous invite chez moi, à Auvernier. Ce n'est pas la perfusion qui vous a nourri correctement et il faut changer vos pansements.

Le procureur fut gêné par cette proposition.

— Que va dire votre mari ?

Flavie lui sourit tristement.

— Rien du tout.

44

Berti l'avait avertie que sa punition n'était pas terminée. Alba l'avait cru. Il lui avait dit qu'elle devait remplacer Aureola auprès d'un client exigeant. Elle avait acquiescé. Il avait précisé qu'elle ne serait pas payée pour cette prestation. Elle s'en fichait, trop heureuse d'être encore en vie. Il lui avait ordonné de s'allonger nue sur le lit, sur le ventre. Elle avait obéi et avait écarté ses membres en croix. Avec des menottes, Berti avait attaché ses poignets et ses chevilles aux quatre coins du lit. Elle n'avait pas bronché. Pas même quand il lui avait mis un bandeau en cuir sur les yeux. Le client voulait rester anonyme.

Elle avait attendu une éternité, seule dans les ténèbres. Le froid et la peur l'avaient envahie et lui avaient donné la chair de poule. Elle frissonnait à l'idée de ce que cet inconnu pourrait lui faire.

Il y avait eu le bruit d'une porte, des pas sur le plancher, le froissement de vêtements qu'on ôte et qu'on pose sur une chaise, la respiration de la bête qui s'excite à la vue de ce corps nu.

L'animal n'avait pas parlé, ne l'avait même pas caressée. Il s'était assis sur elle, lui avait écarté les fesses et l'avait sodomisée sans préliminaire. Elle avait crié, mais il l'avait aussitôt bâillonnée avec un bout de tissu qu'il lui avait enfoncé de force dans la gorge.

L'acte avait duré tant et plus. Probablement de longues minutes dans la réalité. Des heures dans l'esprit d'Alba.

Au fil du temps, l'esprit de la prostituée s'était éloigné de son corps, qui n'était devenu qu'une simple enveloppe charnelle. L'exutoire du désir putride d'un gros porc, dont elle ne sentait que l'embonpoint s'écraser dans le creux de ses reins au rythme du va-et-vient.

Flottant au-dessus de la scène de viol, elle se demanda à combien de reprises Aureola avait dû subir les assauts de la bête. Probablement de nombreuses fois. Elle comprit d'autant mieux le besoin chronique qu'avait Aureola de noyer son cerveau dans l'alcool et la cocaïne.

Les paradis artificiels n'étaient pas le refuge d'Alba Dervishaj. Elle devait trouver un autre moyen de s'évader. Par la pensée.

Son esprit se mit à voyager. Il abandonna la pièce lugubre, sortit à la lumière du jour, quitta la ville de Neuchâtel et plana au-dessus des eaux du lac. Il ne prit pas la direction du Kosovo, mais celle de Lausanne. De la place de la Riponne. De l'appartement de la rue Neuve. Des deux seules personnes dont Berti Balla devait à tout prix ignorer l'existence.

Sa mère et son fils.

TROISIÈME JOUR

45

L'Ancienne Poste du Locle était devenue un centre culturel voué à la promotion de la culture dans ses formes les plus variées. Dans l'une de ses nombreuses salles, des jeunes enregistraient un CD de rap.

Assis dans un coin sombre de la pièce, Satujev fumait un joint, une bière dans l'autre main. Face à ses copains, il avait joué au caïd, à celui qui avait niqué les flics. Mais au fond de lui, il ruminait une haine profonde à l'égard de l'autorité en général et plus particulièrement de l'inspecteur qui l'avait humilié pendant sa garde à vue.

Le nom de Justin Mollier s'était ajouté à celui du procureur Norbert Jemsen et de toutes les autres personnes – policiers et juges – qui avaient fait tomber le gang *Jamahat* à l'époque. Un jour, ces *kouffars* paieraient leur arrogance.

— Eh Alihan, tu bouges ? On t'attend pour le *beatbox*.

Mersudin l'avait interrompu dans ses méditations. Il n'aimait pas ça. Il était exténué. Dans la soirée, ils avaient fêté sa libération à leur manière, puis ils avaient répété toute la nuit pour enregistrer un disque qui s'écoulerait à une centaine d'exemplaires au maximum. À ce moment précis, Satujev ne trouva plus la force de remonter sur scène pour jouer la boîte à rythme humaine. En plus, il était stone et bourré.

— Va te faire foutre. Je me casse d'ici.

— Eh, déconne pas, mec. Ne nous lâche pas maintenant. On y est presque.

— On peut finir demain, non?

— Ne me dis pas que les condés t'ont lessivé.

— Arrête tes conneries, Mersu. Je les encule, ces bouffons, ces bâtards. Ils ne perdent rien pour attendre.

Quand le jeune Tchétchène se leva et quitta le local au grand désespoir de ses copains, l'horloge florale à proximité de l'Ancienne Poste indiquait qu'on approchait des six heures du matin. Il lança sa canette de bière vide au milieu des fleurs et prit la direction de son domicile en titubant légèrement. Obnubilé par l'intervention policière de la veille, l'humiliation qu'il avait subie en s'oubliant dans son training, puis en attendant deux heures, à moisir dans ses excréments, il n'entendit pas tout de suite la voiture qui ralentissait pour s'arrêter à sa hauteur.

— Ça va comme vous voulez? lui demanda une voix masculine.

Il regarda à peine son interlocuteur du coin de l'œil et répondit:

— Dégage, bouffon.

Le conducteur insista.

— Vous ne voulez pas que je vous ramène chez vous?

La question surprit le Tchétchène, qui tourna la tête pour mieux voir à qui il avait affaire.

— Non, mais t'es qui, toi? T'es un pédé, c'est ça? Tu veux me sucer dans ta caisse de branleur? Je t'ai dit de te casser.

Tout en parlant, Alihan Satujev fut intrigué par un détail. La vitre de la sombre berline côté conducteur

150

était baissée, mais il ne voyait pas les traits du visage de l'homme.

Il s'approcha et se pencha.

Lorsqu'il distingua le masque de loup sous la grande capuche noire, il éclata d'un rire sonore et moqueur.

— Eh, tu t'es trompé de ville, mec ! Joli déguisement, mais la Fête des vendanges, c'est à Neuchâtel. Pas au Locle.

Ce furent les dernières paroles qu'il prononça. Le conducteur tendit son bras par la fenêtre et l'arc électrique du taser entra en contact avec la peau du cou. Le Tchétchène fut pris de spasmes et s'écroula silencieusement sur l'asphalte.

46

En constatant la présence d'Alba Dervishaj dans une cellule de garde à vue du BAP, Tristan Kramer se précipita à la permanence de la gendarmerie et s'adressa à un collègue en uniforme.

— Qu'est-ce qu'elle fout ici ? rugit-il.

Le surnommé Dédé lui sourit et lui répondit nonchalamment :

— Holà, rien ne sert de s'énerver. Et tu me causes plus souple, mon Tristan. Pour une fois qu'on a une jolie donzelle au milieu de tous ces blackos embarqués par les stups, on ne va quand même pas s'en plaindre.

La remarque arracha un petit rictus au commissaire. Dédé était de sa génération. Ils avaient fait l'école de police ensemble, mais ils n'avaient pas suivi le même parcours professionnel. Lassé du terrain, le gendarme avait été affecté à des tâches administratives.

— Qu'est-ce qu'elle a fait ?

— Rien.

— Alors pourquoi l'a-t-on arrêtée ?

— Parce qu'il y a un mandat d'amener contre elle.

— Un mandat d'amener ? Du procureur de permanence ?

— Non, de Norbert Jemsen.

— Tu plaisantes ?

— J'en ai l'air ?

Dédé aimait rire de tout, mais là, il était sérieux. Kramer ne comprenait rien à ce qui se passait. Et perdre le contrôle de la situation l'énervait. Il fit un effort pour se contenir.

— Quelle est l'infraction indiquée sur le mandat d'amener ?

— Aucune.

— Aucune ? Dans ce cas, quel est le motif de ce mandat ?

— Simple audition par le ministère public.

— Une simple audition ? Un dimanche matin ? Par un procureur qui n'est pas de permanence et qui, au surplus, vient de sortir prématurément de l'hôpital après avoir été victime d'un attentat à la bombe. Mais on se fout de qui ?

Dédé haussa les épaules, comme pour s'excuser de ne pouvoir répondre aux interrogations du chef de l'ICS. Kramer s'efforça de retrouver son calme.

— Qui est allé la chercher ?

— Une patrouille de police secours.

— Laquelle ?

— PS4. Von Dach et Dysli.

— La fille s'est débattue ?

— Non.

— Dans ce cas, d'où viennent les marques sur son visage ?

— Quand ils l'ont cueillie ce matin au saut du lit au *Perla Blu*, ils l'ont trouvée comme ça. Elle a prétendu qu'elle souffrait de crises de somnambulisme et qu'elle s'était fait ça toute seule en se cognant contre un meuble.

Kramer imaginait sans mal Berti ou sa brute de Marku en train de corriger la prostituée.

— Qui doit se charger de l'amener devant le procureur ?

Dédé sourit une nouvelle fois.

— C'est dimanche et tous les effectifs sont mobilisés pour la Fête des vendanges. Ça va être pour ma pomme.

— Ok, conclut le commissaire. Je vais m'en charger personnellement. Je dois parler à Jemsen. Ce sera l'occasion.

Le gendarme voulut le remercier, mais il n'en eut pas le temps. Le téléphone de Kramer se mit à vibrer. Il répondit en s'éloignant dans les couloirs du BAP.

— Oui ?

— C'est Justin.

— Qu'est-ce qui se passe ?

— J'ai perdu Satujev.

— Tu rigoles ?

— Non. C'est ma faute. Ce petit con a passé la nuit à l'Ancienne Poste et je me suis endormi dans la voiture.

Le chef de l'ICS ne blâma pas son inspecteur. Les filatures sur le terrain n'étaient plus de leur âge. Il le savait, car ce genre de mésaventure lui était aussi arrivé. Et après la décision du procureur de permanence de libérer le Tchétchène, jamais le chef de la PJ n'aurait accepté d'engager la brigade d'observation.

— Il n'est pas rentré chez lui ?

— Non. Quand je suis arrivé dans le couloir de l'immeuble, un serrurier était en train de réparer le cadre de porte. J'en ai profité pour jeter un coup d'œil dans l'appartement, mais il n'y avait personne.

— Peut-être qu'il a préféré partir. Ce ne serait pas le premier demandeur d'asile qui disparaît à la suite d'une intervention policière.

— J'y ai pensé. Mais dans ce cas, ce qui serait étrange, c'est qu'il n'a emporté aucune affaire personnelle.

— Ou alors, il s'apprête à mettre ses menaces à exécution.

154

— Contre le procureur Jemsen?

— Ou contre Luc Autier, dans l'hypothèse – certes peu probable – où Satujev serait quand même *Le Vénitien*.

Aucun des deux policiers ne croyait à cette éventualité, mais ils ne devaient négliger aucune piste.

— Qu'est-ce qu'on fait? demanda Mollier.

Kramer réfléchit un instant, puis décida:

— Dans l'immédiat, tu files chez Autier et tu lui colles aux basques. Je me charge de Jemsen. J'ai d'ailleurs rendez-vous avec lui dans une trentaine de minutes. Je t'expliquerai.

Kramer gara la voiture banalisée sur un emplacement réservé à la police devant le ministère public, rue du Pommier, et déposa sa carte derrière le pare-brise. Il descendit du véhicule et en fit le tour, pour ouvrir la portière arrière, côté passager.

— Descends, intima-t-il à la prostituée.

Alba Dervishaj s'exécuta de mauvaise grâce. Elle grimaça en tendant les menottes devant elle.

— Elles sont trop serrées.

— Arrête de râler et avance. Le proc veut te voir.

— Pourquoi ?

— C'est une bonne question et je ne sais pas. Mais rappelle-toi : tu ne lui parles pas de ce que je t'ai demandé vendredi soir.

— Tu as peur de lui ?

— Non, mais l'enquête sur l'attentat de mardi ne le regarde pas. Et souviens-toi que j'ai toujours la possibilité de te faire renvoyer à Pristina.

Le policier appuya sur l'interphone et attendit. Une caméra transmettait au greffe les images des personnes désirant accéder aux locaux du Parquet général. Il y eut un bref temps d'attente, puis un déclic. La porte s'ouvrit.

Au bas d'un long escalier menant aux étages inférieurs

d'une vieille maison, Kramer et Alba furent accueillis par Flavie Keller.

— Est-ce bien nécessaire ? fit remarquer la greffière en désignant les menottes.

— C'est le règlement, répondit le chef de l'ICS. Question de sécurité. Toute personne sous mandat d'arrêt ou mandat d'amener doit être menottée avant de monter dans un véhicule de service. Aucune exception.

— Peut-être, commissaire. Mais là, cette dame n'est plus dans votre voiture.

Kramer fit signe à la fille de présenter ses mains et, d'un tour de clé, la libéra.

— Si elle n'est pas entravée, en profita-t-il pour ajouter, il est peut-être préférable que j'assiste à l'audience.

Flavie lui sourit.

— Nous en avons discuté tout à l'heure avec le procureur et il n'est pas d'accord. Vous pouvez nous laisser, commissaire.

— Très bien, répondit-il amèrement. Dans ce cas, je vais patienter dans la salle d'attente, car je vais devoir reconduire madame au BAP après son audition.

— Nous ne nous sommes pas bien compris, commissaire, je le crains. Le procureur n'a nulle intention d'arrêter mademoiselle Dervishaj. Elle sera remise en liberté au terme de cette audience et elle pourra quitter librement ces locaux. Je vous souhaite un excellent dimanche.

Le chef de l'ICS comprit qu'il n'était pas le bienvenu au ministère public. Il salua poliment la greffière et regagna la rue pavée.

Une fois son garde-chiourme parti, Alba se frotta les poignets et s'adressa à Flavie :

— Merci.

La greffière éluda les politesses et lui désigna la porte de la salle d'audience.

— C'est par ici.

— Vous n'avez pas peur de moi ? s'étonna la prostituée, libérée de ses entraves.

— Peur de quoi ? Que vous m'embrassiez une seconde fois ?

48

En revenant du Locle, Justin Mollier avait profité d'un arrêt au Pit-Stop à Boudevilliers pour s'acheter un petit-déjeuner. Café froid, croissants et jus d'orange. Puis il avait rejoint Neuchâtel et la route des Clos à Auvernier.

Luc Autier habitait une somptueuse villa sur les hauteurs. Entourée de vignes, elle offrait une vue plongeante sur le lac, avec vaste terrasse et piscine à débordement. Il se murmurait que le Secrétaire général de département avait hérité de cette propriété et qu'il y vivait seul. Un paradis avec ses défauts. La présence de l'autoroute en contrebas, dont le bruit montait jusqu'aux oreilles de Mollier, et la laideur des bâtiments de l'entreprise PMP SA – *Philip Morris Products* – à l'est, le poumon financier de la région.

Assis dans sa voiture, Mollier était sur le point d'engloutir son troisième croissant, quand son téléphone sonna. Il décrocha.

— T'es où ? demanda Kramer.

— Devant chez Autier.

— Il est chez lui ?

— Oui. Sa voiture est là et je l'ai aperçu en jogging sur sa terrasse.

D'allure svelte, le Secrétaire de Pierre Keppler devait

s'adonner à la pratique régulière d'un sport. Cette hygiène de vie contribuait à le rendre encore plus antipathique aux yeux de Mollier.

— J'espère que tu ne vas pas devoir le suivre dans un parcours Vita, plaisanta le commissaire.

— Si c'est le cas, l'oiseau peut crever la gueule ouverte. Je te le dis. Et toi, t'en es où avec le proc Jemsen ?

— Il est en train d'interroger Alba.

— Tu n'assistes pas à l'audition ?

— Non, je me suis fait jeter.

— Jeter ?

— Cette connasse de Keller m'a viré sans ménagement.

— Et tu t'es laissé faire ?

— Je n'ai pas eu le choix. Mais j'étais à deux doigts de lui révéler la position dans laquelle on a trouvé son mari vendredi soir. Elle a tellement le nez dans le guidon du travail, qu'elle ne se rend même pas compte de la taille de ses cornes.

— Qu'est-ce que tu vas faire ?

— Je vais coller aux basques de Jemsen. Dès qu'il sort du ministère public, je ne le lâche plus d'une semelle. Je veux savoir ce qu'il manigance. Je suis convaincu qu'il en sait beaucoup plus qu'il ne veut bien le dire sur l'attentat.

— Tu crois qu'il simule son amnésie ?

— Je ne sais pas.

Les deux hommes raccrochèrent. Mollier engloutit le dernier morceau de son croissant et s'étira. Il faisait chaud dans la voiture. Mollier baissa la fenêtre passager et garda les yeux fixés sur la terrasse de la villa. On n'entendait que le ronflement de l'autoroute. Une planque idéale, il était caché sous un arbre, invisible depuis la route des Clos.

Le Vénitien était lui aussi sur la route des Clos et il observait Mollier. Il l'avait repéré non loin de la villa d'Autier. Cet inspecteur ne savait plus ce qu'était la discrétion. Il était comme une grosse verrue sur le nez d'un poivrot.

Les flics n'avaient manifestement pas compris son avertissement. S'ils essayaient à nouveau de se mettre en travers de son chemin pour tenter de l'empêcher d'accomplir son œuvre, il se montrerait sans pitié avec eux. Une fois de plus. Il avait déjà tué un des leurs. Cela avait été une première. Il recommencerait sans hésiter.

L'audience exceptionnelle du dimanche après-midi 26 septembre, rue du Pommier, avait duré plus de deux heures. Le procureur avait posé de nombreuses questions à Alba Dervishaj sur son parcours de vie et sa situation personnelle. Il avait voulu tout savoir à son sujet, de sa naissance à Pristina à son départ du Kosovo, de sa famille restée au pays, de son enfance, de sa scolarité, de ses amis, de ses amants et de ses amantes, des raisons de son exil pour un eldorado imaginaire.

Méfiante et sur la défensive en début d'audition, la jeune femme avait petit à petit livré des confidences qui l'avaient surprise elle-même. Jemsen avait su la mettre en confiance. Elle avait trouvé en lui une humanité qu'il n'avait pas montrée six mois plus tôt, lorsqu'il avait ordonné son incarcération à la prison de Lonay pour une simple question de séjour illégal. Au fur et à mesure qu'avançait l'audition, elle revoyait son jugement sur le magistrat.

Assise à la gauche du procureur, Flavie Keller avait été, elle aussi, déstabilisée par le déroulement de l'audience. D'ordinaire, Jemsen posait une série de questions, et notait les réponses de la personne interrogée sur une feuille de papier, puis dictait le procès-verbal. Mais cette fois, pas de dictée, et Flavie s'était mise à *protocoler à la volée*, technique que le procureur proscrivait absolument avant l'attentat. Manifestement, ses blessures à la tête lui avaient fait perdre ses réflexes professionnels en même temps que la mémoire.

Pas forcément si mal, s'était dit la greffière. Le procureur semblait lui accorder encore plus de confiance que par le passé.

Quand enfin le procureur se décida à aborder plus précisément le thème de la prostitution, du *Perla Blu* et du réseau de Robert Balla, Alba se referma comme une huître.

— Si je réponds, vous allez noter tout ce que je dis dans le procès-verbal ?

— Bien sûr, mademoiselle Dervishaj. Pour quelle raison ne le ferions-nous pas ?

— Vous êtes fou. Vous ne savez pas ce que vous faites.

— Expliquez-vous.

— C'est très simple. Si ce PV tombe entre les mains de Berti, je risque ma vie.

— Ça n'arrivera pas.

— Qu'est-ce qui me le garantit ?

— Notre parole.

— Ce n'est pas suffisant. Berti est protégé. Il a des oreilles partout.

— Pas au ministère public, mademoiselle.

— Qu'en savez-vous ? Il a eu confirmation de ma détention à Lonay.

— Ça, ce n'est pas sorcier. Les prisonniers sont d'excellentes sources de renseignements.

Alba regarda Jemsen étrangement.

— C'est vrai, ce que m'a raconté le commissaire Kramer à votre sujet ?

— Quoi donc ?

— Vous ne vous souvenez pas de moi ?

Le procureur lança un sourire complice à Flavie Keller, puis à la prostituée.

— Ça dépend. Si vous voulez parler de votre visite de la nuit dernière dans ma chambre à l'hôpital Pourtalès, je crois que ni ma greffière, ni moi ne sommes près de l'oublier. Sur ça aussi, il faudra vous expliquer.

Alba baissa la tête. Elle soupira.

— Dans ces circonstances, je pense qu'il est préférable pour moi de refuser de répondre à vos questions à compter de maintenant. Désolée. Je préfère que vous m'arrêtiez à nouveau.

— Ce n'est pas mon intention.

— Comment ça ? s'énerva brusquement Alba. Vous n'allez pas m'envoyer en prison ?

— Bien sûr que non. Pourquoi le ferais-je ?

— Parce que je vous ai agressé à l'hôpital la nuit dernière.

— Nous ne sommes que trois à le savoir et si vous ne voulez pas m'expliquer pourquoi…

La prostituée marqua un signe de découragement.

— Je voulais vous tuer, lâcha-t-elle sans conviction.

— Je ne vous crois pas.

Elle insista.

— Vous devez m'arrêter.

— Pas sans motif.

— Si vous ne le faites pas, je suis morte.

— Pour quelle raison ?

— Si je sors libre d'ici après deux heures d'audition, Berti sera convaincu que je vous ai parlé, que je l'ai balancé. Il n'attendra pas de se procurer une copie du PV. Si vous ne m'arrêtez pas, vous signez mon arrêt de mort.

— Rien ne vous empêche de ne pas retourner au *Perla Blu*.

— Je ne sais pas où aller.

Alba Dervishaj semblait sincèrement désespérée. Elle avait les larmes aux yeux. Jemsen sentit une boule lui nouer l'estomac. Il avait l'impression d'avoir commis une erreur, mais ne savait pas laquelle. Il se tourna vers sa greffière.

— Qu'est-ce qu'on peut faire, dans ce genre de situation ?

Flavie Keller semblait tout aussi désemparée que lui.

— On pourrait faire appel au centre LAVI pour lui trouver un appartement protégé. Mais nous sommes dimanche.

La LAVI désignait la loi fédérale sur l'aide aux victimes d'infractions contre l'intégrité corporelle, sexuelle et psychique.

— Et pour faire la jonction jusqu'à lundi ?

— Il existe des foyers spécialisés pour accueillir dans l'urgence les femmes victimes de violence conjugale. On pourrait essayer de…

Elle fut interrompue par la prostituée.

— Jamais je n'irai dans un de ces foyers. Je suis sûre que Berti a des oreilles là-bas aussi.

— Peut-être un hôtel ? suggéra Jemsen.

— C'est envisageable, confirma la greffière en se remémorant une ancienne affaire. Nous l'avons déjà fait. C'était à l'hôtel *Beaulac*. J'ai un ami qui y travaille et il est d'une discrétion absolue.

50

Luc Autier, qui n'avait qu'une petite soixantaine, conduisait comme un grand-père. C'est la réflexion que s'était faite Justin Mollier en quittant la route des Clos. Le bon côté de la chose était qu'il n'avait aucun mal à le suivre à bonne distance. Une simple filature à l'ancienne suffisait pour garder le contact avec la cible, sans nécessité de recourir à des moyens modernes comme la brigade d'observation ou une balise GPS.

Les deux véhicules avaient quitté Auvernier, traversé les villages de Colombier, Bôle et Rochefort, ainsi que le hameau des Grattes, avant de prendre la direction du col de La Tourne. Un tracé prisé des moniteurs d'auto-école pour ses nombreux virages. En prenant de l'altitude, ils avaient peu à peu délaissé l'humidité du Littoral pour percer la couche de brouillard et apercevoir les timides rayons du soleil.

Dans la dernière épingle à cheveux, la voiture du Secrétaire se gara sur le bas-côté, à proximité d'un chemin forestier. Comme il avait revêtu un jogging et des baskets, l'inspecteur en déduisit qu'il avait opté pour un footing. Il ne se demanda pas comment il allait faire pour le suivre. Il avait déjà pris sa décision. Il attendrait son retour dans la voiture. Si *Le Vénitien* avait décidé de s'en prendre à Autier, il aurait fallu qu'il le suive. Or Mollier et Autier étaient seuls sur la route. Il s'en était assuré tout au long du trajet.

Il se gara en contrebas et éteignit le moteur. Il attendit que sa cible sorte et se mette à courir. Il était curieux de voir si le sexagénaire avait la belle foulée d'un sportif régulier ou celle, plus maladroite, d'un occasionnel qui veut se donner bonne conscience. Mais rien ne vint. Autier prenait son temps. Assis derrière le volant, il ne bougeait pas.

Qu'est-ce qu'il fout ? se demanda Mollier.

Peut-être laçait-il ses chaussures ou étudiait-il le parcours en forêt sur son GPS ? Les minutes s'écoulaient sans que rien ne se passe et l'attente commença à inquiéter le policier de l'ICS. *Ce con a-t-il fait une crise cardiaque ?* L'hypothèse lui effleura l'esprit. Mollier était sur le point de sortir de son Audi banalisée, lorsqu'il lui sembla voir un éclair dans la voiture du Secrétaire.

Putain, c'est quoi, ça ?

On aurait dit une lumière bleutée.

Ça recommença.

Il n'avait pas rêvé.

C'était comme un arc électrique.

Mollier comprit enfin.

Taser !

En ombre chinoise, à travers la vitre arrière, il vit Autier basculer du côté du siège passager et disparaître.

L'inspecteur sortit de son véhicule et se précipita vers la voiture du Secrétaire. Il se mit à courir et dégaina son Glock 19. En faisant ce geste, il perdit de vue un bref instant le véhicule d'Autier. Quand il releva la tête, il constata que la portière avant droite était entrouverte.

Il sentit l'adrénaline monter en lui.

En s'approchant de la Mercedes, il ralentit. Par précaution, il pointa son arme de service vers le siège arrière et regarda dans l'habitacle. Personne. Il avança d'un pas pour avoir une visibilité sur les sièges avant. Un corps était couché en travers des deux sièges. Inerte. Mollier reconnut le jogging, puis le visage du Secrétaire. Il ne bougeait pas, mais semblait respirer.

— Monsieur Autier, vous m'entendez ? cria l'inspecteur, en faisant le tour de la voiture.

Il n'obtint aucune réponse.

Il n'y avait personne dans les parages.

— Monsieur Autier ? répéta Mollier.

Nouveau silence.

La situation était peut-être plus urgente qu'il ne l'avait initialement imaginée. Une électrocution par taser pouvait être mortelle pour une personne d'un certain âge, qui avait le cœur fragile.

Cette pensée lui fit baisser la garde. Il alla vers la portière côté passager et l'ouvrit complètement. Il se pencha sur le corps du Secrétaire inanimé et voulut prendre son pouls.

Il ne sut pas d'où venait l'attaque.

Il y eut un grésillement.

Une douleur intense.

Une paralysie.

Un voile flou.

Un trou noir.

Le néant.

51

Le procureur Jemsen se retrouva seul dans les locaux du ministère public. Avant de partir avec Alba Dervishaj pour l'hôtel *Beaulac*, sa greffière lui avait laissé une carte d'accès. Il avait perdu la sienne dans l'attentat. Elle était sans doute stockée au service forensique, au milieu des milliers d'objets non répertoriés qu'on avait ramassés sur la place des Halles. Le travail d'identification des victimes ne faisait que commencer.

Jemsen était convaincu que la fille détenait des éléments importants, mais son audition n'avait rien révélé. Elle était trop terrorisée à l'idée de retourner dans le salon de massages *Perla Blu*, après l'exécution du mandat d'amener.

Jemsen était dans l'impasse. Il décida de poursuivre la lecture des dossiers.

Flavie Keller avait déposé dans son bureau les dossiers archivés des disparitions non élucidées. Il les avait récupérés et les avait transférés dans la salle d'audience. Il se sentait mieux, en sécurité dans ce décor plus neutre. Il ne savait pas pourquoi. Son bureau lui paraissait trop froid, trop impersonnel. Oppressant.

Sa greffière avait également laissé l'ordinateur de la salle d'audience allumé et branché sur le système Juris, de sorte qu'il puisse parcourir les versions scannées des dossiers d'instruction en cours, dont les versions physiques avaient été mises sous séquestre par la police.

Jemsen commença par les étudier, mais se lassa vite de la masse d'informations. Il y avait de tout. Du trafic de cocaïne à grande échelle à la simple querelle de voisinage, en passant par l'incendie volontaire d'une villa, le braquage d'une bijouterie, des bagarres d'ivrognes à la sortie des boîtes de nuit et toutes les formes imaginables de violences conjugales.

Quand ses yeux furent fatigués à force de lire sur un écran, il décida de varier ses recherches en passant à l'examen des disparitions non élucidées. Les dossiers étaient beaucoup plus succincts. La plupart du temps, les investigations étaient restées au stade embryonnaire. Les disparus n'intéressaient personne. Pas d'argent, plus de famille, on avait oublié de s'inquiéter d'eux.

Certains étaient connus des services de police pour des histoires de drogue ou de vols. D'autres n'avaient aucun casier judiciaire. Leur unique point commun était la pauvreté, la détresse et la solitude. Il y avait des demandeurs d'asile, des sans-papiers, des chômeurs. Ceux qui émargeaient à l'aide sociale, à l'assurance invalidité, aux prestations complémentaires de l'assurance vieillesse, les chômeurs en fin de droit. Il n'y avait a priori aucun lien entre les disparus. Jemsen avait beau chercher, il ne comprenait pas pourquoi il avait pu, avant l'attentat, s'intéresser à ces dossiers.

Avec obstination, il s'y replongea. Bizarrement, la police s'était parfois contentée d'une simple enquête de voisinage. D'autres fois, elle avait mis en place une recherche d'urgence pour localiser sans succès le portable de la personne disparue, ou demandé aux opérateurs des données rétroactives pour tenter de retrouver des proches qu'elle aurait contactés.

Et puis, il y avait les hypothèses. Toujours au conditionnel, comme pour ne pas refermer complètement le dossier. Suicide, accident en forêt, en montagne, dans un lac. Changement de vie, d'identité, fuite, lâcher prise. Jamais de meurtre ou d'enlèvement. Toujours une disparition.

Toutes ces lectures stériles avaient épuisé le procureur. Il commençait à sentir ses douleurs se réveiller, marteler son crâne de l'intérieur, avec des picotements et des tiraillements partout où les billes de verre avaient meurtri son corps. Il reprit une forte dose d'anti-inflammatoires et s'affala, vaincu, dans son fauteuil.

Son regard erra un moment entre la lumière froide des leds du plafond, puis se posa sur une chaise vide en face de lui. Celle où les magistrats font asseoir ceux qu'ils interrogent. Et à force de regarder la chaise, le procureur Jemsen crut voir très distinctement Florent, son contact de la place des Halles, assis devant lui.

— Tu pars quand ? avait demandé Norbert.

— Samedi prochain, répondit Florent.

Ils buvaient une bière sous un grand platane, à l'ombre d'un soleil de plomb. Ils se retrouvaient souvent à la crêperie *Le Sud*, sur la place du Coq d'Inde, quand la place des Halles était trop bondée.

— Et ton boulot ?

— L'année scolaire se termine vendredi et la classe que l'on m'a confiée cette année m'a épuisé. Jamais vu des élèves aussi peu intéressés par les cours.

— L'État te garantit ton poste ?

— Durant une année. Le directeur de La Fontenelle a été cool. Il a appuyé ma demande d'année sabbatique. De toute façon, c'était ça ou je donnais ma démission. J'ai même envisagé de devenir vigneron dans le sud de la France. C'est dire.

— Et pourquoi Pristina ?

— Parce qu'il y a tout à reconstruire là-bas. Toutes les bases d'un nouveau pays. J'ai eu l'occasion de discuter avec des parents d'élèves kosovars, qui m'ont mis en contact avec une mission suisse sur place.

— Tu ne pars pas avec le CICR ?

— Non. J'ai déjà suffisamment donné de ma personne

à la Croix-Rouge. La bande de Gaza, le Darfour, le Niger, l'Afghanistan. Je veux découvrir autre chose. Relever un nouveau challenge.

— Prends soin de toi, Flo.

— Ne te fais pas de souci. Le Kosovo est devenu un havre de paix, en comparaison des lieux de conflit que j'ai eu l'occasion de fréquenter.

— Tu me donnes des nouvelles régulièrement ?

— Promis.

C'était quatre ans plus tôt.

Les baskets de Luc Autier s'enfonçaient dans la boue du chemin forestier. Son cœur battait au rythme de ses pas. Rapides, désordonnés. Son souffle était haletant. Tous les trois mètres, il se retournait craintivement, pour voir si quelqu'un le suivait. Comment en était-il arrivé là ?

Le Vénitien l'avait pris en otage chez lui. Il avait réclamé son dû pour les victimes exécutées sans contrat. Quand le Secrétaire lui avait dit qu'il n'avait pas cet argent, il s'était fâché et l'avait contraint à monter dans sa voiture. Ils avaient quitté Auvernier pour une destination inconnue. Le tueur lui avait indiqué le chemin à prendre au fur et à mesure de leur progression. Dans le rétroviseur de la Mercedes, il avait facilement repéré le véhicule qui les suivait, ce flic peu discret.

Le Vénitien lui avait ordonné de s'arrêter sur le bas-côté de la route, non loin du col de La Tourne. Il avait obéi sans poser de question. Ils avaient attendu. Puis il y avait eu le choc et un grand trou noir.

Quand il avait rouvert les yeux, *Le Vénitien* était occupé. Accroupi au-dessus du corps inanimé de l'inspecteur Mollier, il lui avait écarté les lèvres et avait fait couler une sorte de sable brillant dans sa bouche. La suffocation avait réveillé le policier. Le tueur l'avait alors maintenu de force contre le sol, dans une lutte inégale, le forçant à avaler tout le contenu du sachet.

Autier avait profité de cet instant pour s'extraire de la Mercedes et s'enfuir en courant à travers la forêt. Il avait suivi un sentier, puis s'en était éloigné pour se perdre entre les arbres. Il avait traversé une clairière et retrouvé un autre chemin de terre, détrempé par les pluies de la veille. Il ne savait pas où il allait, dans quelle direction il courait. Seul lui importait de mettre le maximum de distance entre lui et *Le Vénitien.* Sa vie en dépendait.

Après un bon kilomètre en pleine nature sauvage, il s'arrêta face à un obstacle majeur. Des falaises à pic marquaient le bout de sa route. Pour y être déjà venu dans le passé par un autre accès, il reconnut les Rochers de Tablettes. Le village de Rochefort en contrebas était invisible, caché sous une mer de brouillard qui s'étendait sur le lac de Neuchâtel et jusqu'aux Alpes lointaines. Un soleil discret colorait la brume d'un voile orangé.

Face à ce tableau qui serait peut-être la dernière vision de sa vie, il tomba à genoux. Le pays de Neuchâtel foisonnait de coins paradisiaques comme celui-là. Ses habitants en ignoraient trop souvent la beauté, focalisés qu'ils étaient sur des sujets bassement matériels comme l'économie du canton, ses impôts, parmi les plus élevés de Suisse, ses budgets et ses comptes toujours plus dans le rouge d'année en année.

Luc Autier avait donné toute sa vie pour cette région. Et aujourd'hui, cette région allait prendre sa vie. Les Rochers de Tablettes s'étaient refermés sur lui comme un piège mortel.

— Un coup de main ?

La voix masculine venue de nulle part glaça le Secrétaire général de département. Il n'osa pas se retourner pour faire face à son interlocuteur. Imaginant que sa dernière heure avait sonné, il se mit à pleurer.

54

À l'abri dans une chambre feutrée de l'hôtel *Beaulac*, Alba Dervishaj avait retrouvé un peu de sa sérénité. Son franc-parler aussi, et le tutoiement qui allait avec. Flavie Keller restait quant à elle sur la retenue, même si elle était convaincue que la prostituée n'avait eu aucune mauvaise intention à leur égard dans la chambre de l'hôpital.

— Pourquoi n'avez-vous pas voulu expliquer au procureur ce que vous êtes venue faire en pleine nuit à Pourtalès ? demanda-t-elle à Alba.

— Parce qu'il n'était pas prêt à l'entendre.

La réponse était évasive, comme toutes celles qu'elle avait données le matin, lors de son audition. La greffière renonça à faire le travail de Jemsen à sa place. Quelle importance, après tout.

Sans afficher la moindre gêne, Alba commença à se déshabiller devant elle.

— J'ai besoin de prendre une douche. Les flics ne m'en ont pas laissé le temps, ce matin. Le réveil a été assez brutal.

Elle se dévêtit complètement, lança ses habits sur le grand lit et gagna la salle de bains. Flavie tourna la tête et regarda par la fenêtre. Elles étaient dans une chambre du dernier étage, avec vue sur le lac. Flavie ignora pudiquement la nudité de la Kosovare, mais elle sentait son parfum, une fragrance fleurie, chargée de café noir et de vanille.

— C'est quoi, votre parfum ? demanda-t-elle.

La prostituée répondit depuis la salle de bains, en haussant la voix.

— *Black Opium.* Il te plaît ? On dit qu'il convient aux femmes rebelles et sulfureuses. Tout le contraire de toi, non ?

— Je ne sais pas. En tout cas, il plaît à mon mari.

— Parce que tu es mariée ?

— Oui. Enfin, je crois…

— Tu crois ? s'étonna Alba.

— Je ne le vois pas souvent. Il travaille beaucoup.

— Qu'est-ce qu'il fait ?

— Il est banquier.

— J'ai quelques banquiers parmi mes clients. Pas des foudres de guerre. Mais ils paient bien.

Flavie sortit une photo de son mari qu'elle conservait dans son porte-monnaie et alla à la salle de bains.

Alba entrait dans la cabine de douche. Flavie lui tendit la photo.

— Tu le connais ? dit-elle. L'impudeur d'Alba lui avait fait oublier le voussoiement.

Alba se retourna et regarda la photo.

— Un peu.

— Un peu ?

— Il n'est venu qu'une seule fois. Il était très timide et nous avons vite été interrompus.

Pas assez pour éviter que le Black Opium *ne passe d'une peau à l'autre*, pensa Flavie. Elle imagina Alain dans les bras de cette fille, leurs corps imbriqués. Son regard parcourut les formes d'Alba. Elle se dit qu'elle n'était pas particulièrement bien foutue. Pas de surpoids, mais petite et légèrement potelée au niveau des fesses. Fine de taille, elle pointait de petits seins fermes dans sa direction. Son sexe était entièrement épilé. Flavie se remémora ses lèvres contre les siennes, dans la chambre 503 du HNE, et en frémit.

— Tu savais qu'il était marié? demanda la greffière.

— J'ai beaucoup d'hommes mariés parmi mes clients.

— Est-ce qu'il t'a dit quelque chose sur moi?

— Il a dû dire ce qu'ils disent tous, quand ils veulent bien parler. Que tu ne t'occupais plus de lui depuis deux ans. Qu'il avait des besoins physiologiques.

— Le salaud, lâcha-t-elle presque sans s'en rendre compte.

Alba restait curieusement détachée.

— Crois-moi. Mieux vaut une pute qu'une maîtresse. Au moins, avec une pute, il n'y a pas de sentiments.

Flavie dévisagea étrangement la prostituée, qui avait ouvert le robinet de la douche et réglait la température de l'eau.

— Tu n'éprouves jamais de sentiments, toi?

— Jamais avec les clients. Je ne mélange pas le travail et le plaisir.

La greffière regarda la salle de bains autour d'elle. C'était celle d'un hôtel de luxe. De grands carreaux beiges et un large miroir la rendaient très lumineuse. Tout le contraire de ce qu'elle imaginait être un lupanar comme le *Perla Blu*: crade, sombre et suintant la luxure bon marché.

Ses yeux revinrent sur la bouche d'Alba. Elle demeurait hypnotisée par ce baiser de l'avant-veille.

Dès ce moment-là, elle suivit son instinct. Elle se déshabilla à son tour et la rejoignit sous la douche. La prostituée ne manifesta aucune surprise. Elle la regarda faire, sans un mot, sans un sourire. Et lui ouvrit ses bras. Leurs lèvres se rencontrèrent.

L'eau s'infiltra dans les rares interstices entre les deux corps. Jamais Flavie n'avait touché une peau si douce. Ses mains hésitaient à caresser, elles tremblaient. Le bruit de la douche couvrit leurs soupirs.

55

D'instinct, Tristan Kramer avait préféré suivre Alba Dervishaj et Flavie Keller, plutôt que d'attendre Norbert Jemsen devant les bureaux du ministère public à la rue du Pommier. Maintenant, il terminait sa bière au bar du Lake Side. Le restaurant de l'hôtel *Beaulac* était bondé, comme d'habitude. Son portable sonna. La CNU l'informa que le Secrétaire de département Luc Autier avait été trouvé par un promeneur, en train d'errer aux Rochers de Tablettes, et qu'à sa demande, il avait été conduit dans les locaux de la police neuchâteloise.

Le commissaire vida son verre, déposa de la monnaie sur le comptoir et quitta l'établissement. Une patrouille de gendarmerie l'attendait devant l'entrée de l'hôtel. Il salua à peine ses collègues, monta sur le siège arrière et ne dit pas un mot jusqu'au BAP. Dans sa tête, toutes les informations des derniers jours s'entrechoquaient.

Quand Kramer arriva dans le local d'audition, Autier était en slip et chaussettes, le regard hagard. Le sexagénaire présentait des griffures sur les bras et les jambes. Un médecin l'examinait.

— C'est superficiel, indiqua celui-ci. Mais je ne peux que vous recommander d'effectuer un constat médico-légal auprès du HNE.

Il se tourna vers Kramer, qui se présenta brièvement, et ajouta :

— Les dermabrasions ont été causées par le contact avec des branches d'arbres ou d'arbustes lors de sa fuite. En revanche, il a une marque de brûlure dans le cou, qui pourrait bien provenir de l'arc électrique d'un taser. En tout cas, le récit qu'il fait de son agression pourrait correspondre, même s'il n'a que de vagues souvenirs du moment où il a perdu connaissance.

Le chef de l'ICS remercia le médecin de garde, se tourna vers le Secrétaire qui se rhabillait et lui demanda :

— Où est l'inspecteur Mollier ?

— Je crois que *Le Vénitien* l'a eu.

Kramer avait redouté cette réponse.

— Vous l'avez vu mort ?

— Je n'en suis pas sûr. L'homme était au-dessus de lui et…

— Ça s'est passé où ? l'interrompit le commissaire.

— Au col de La Tourne.

Un gendarme, qui se tenait dans l'encadrement de la porte, intervint :

— Une patrouille est en route. Elle ne devrait pas tarder à arriver sur place.

— Vous l'avez vu ? insista le chef de l'ICS.

— Le corps de votre collègue ?

— Non, *Le Vénitien*.

— Pas bien, non. Il portait une sorte de robe noire à capuchon et un masque de loup. Il était assis sur le siège arrière.

— Et quand vous avez parlé avec lui, chez vous à Auvernier ?

Autier grimaça, comme s'il essayait de faire un effort de mémoire. Il frotta sa nuque, à l'endroit où le taser avait touché sa peau.

— La seule chose que je peux vous dire, c'est qu'il avait un fort accent des Balkans et plusieurs plombages en or.

Dans l'esprit de Kramer, la description évoqua aussitôt Hassan Marku, l'homme à tout faire de Berti Balla.

— Il était balèze?

— Oui, il avait de la force. Votre collègue n'a pas pu se défendre.

— Je veux dire, il était bodybuildé?

— Ça, je ne sais pas. Sa robe était assez ample pour cacher ses formes.

Le Secrétaire de département avait l'air épuisé. Le chef de l'ICS se tourna vers le gendarme, qui était en train de lire un message sur son téléphone.

— Ils ont retrouvé la voiture?

— Oui, à l'endroit indiqué.

— Et Justin?

L'homme en uniforme était pâle.

— Mort.

— Merde! jura Kramer. Comment?

— Je ne sais pas. La patrouille a juste indiqué que ce n'est pas beau à voir.

— Ok. Je me rends sur les lieux. Tu peux faire quelque chose pour moi?

— Oui.

— Je veux un gendarme derrière Norbert Jemsen et un autre derrière Alba Dervishaj. Qu'ils ne les lâchent pas d'une semelle. Le procureur est à son bureau et la pute est dans une chambre de l'hôtel *Beaulac*.

— Ils sont en danger?

— Peut-être. Je ne sais pas. En tout cas, je suis convaincu qu'ils savent qui est *Le Vénitien*.

Il se tourna vers Luc Autier.

— Et vous, reprit-il, suivez les conseils du médecin.

Une patrouille va vous conduire à Pourtalès pour un constat.

— Je peux y aller seul, répondit le Secrétaire. Les gendarmes ont mieux à faire et je ne suis pas mourant. En revanche, si *Le Vénitien* s'en est pris à moi, il pourrait aussi s'en prendre au Conseiller d'État.

Kramer maudit une nouvelle fois les deux hommes en pensant à leurs frasques. Il les tenait pour responsables de la situation.

— Ok, pesta-t-il en regardant son collègue en uniforme. Envoie également une patrouille chez Pierre Keppler.

56

En grec, *orga* signifie bouillonner d'ardeur. Le mari de Flavie ne lui avait jamais fait atteindre ce stade du plaisir, même au temps du bonheur. Son corps se raidit. Elle fut secouée de spasmes violents, électriques. Elle ne se contrôlait plus. Elle repoussa la tête d'Alba pour l'éloigner de son entrejambe. La prostituée lui sourit.

— Qu'est-ce que tu m'as fait? soupira la greffière, qui peinait à reprendre son souffle.

— Rien que tu n'aies désiré.

Elles étaient étendues l'une contre l'autre, dans le grand lit qui occupait une bonne partie de la chambre d'hôtel.

— C'est vrai. C'est moi qui t'ai rejointe sous la douche. Qu'est-ce que j'ai fait?

— Tu as suivi tes envies. Tout simplement.

Flavie n'avait pas besoin d'être rassurée. Les choses s'étaient passées naturellement, sans prise de tête. Beaucoup plus facilement qu'avec un homme. Ce qu'elle avait tout particulièrement apprécié, c'était l'absence de préliminaires, cette étape codifiée des relations hétérosexuelles qui précède immanquablement le coït. Ici, chaque geste, chaque caresse avait compté, sans autre but que de combler les sens de l'autre. Pour la première fois, elle avait vécu l'acte sexuel comme un tout. Elle avait adoré.

— Oui, j'ai suivi mes envies, murmura-t-elle. Probablement…

— Peut-être y as-tu vu aussi un moyen de te venger de ton mari ?

— Même pas. À aucun moment je n'ai pensé à lui. C'est terrible, non ?

— Je ne sais pas.

Ce fut au tour de la greffière de sourire malicieusement.

— Le meilleur moyen de le savoir, ce serait de reprendre là où nous nous sommes arrêtées, non ?

Alba redescendit entre ses jambes. Flavie trouva le temps de tendre le bras vers la table de nuit. Elle attrapa son téléphone et le mit sur le mode avion.

Le procureur avait repris dans le coffre le dossier secret. Nerveusement, il en parcourut une nouvelle fois toutes les pages. Il cherchait cette photo qu'il se rappelait avoir vue. Celle de Marku, l'homme de main de Robert Balla, l'homme à la serviette. Il ne la trouva pas.

Peut-être était-elle dans sa boîte mail. Le problème était que sa mémoire le trahissait aussi pour ses logs de connexion. Le SIEN, Service Informatique de l'État de Neuchâtel, devait disposer d'une permanence pour les urgences, mais il ne savait pas comment les joindre. Il appela Flavie Keller mais tomba sur son répondeur.

Dépité, il reposa le dossier concernant *Florent*, pour revenir aux disparitions non élucidées. Avant l'attentat, il avait trouvé un point commun entre tous ces cas. Sa greffière le lui avait dit. Mais pas moyen de se le rappeler. Sa première lecture n'avait rien révélé, si ce n'est que les disparus n'avaient aucun lien entre eux. Ils ne se connaissaient pas. Rien ne les rapprochait, si ce n'est leur solitude et leur pauvreté.

La réponse ne semblait pas se trouver dans les pages de ces dossiers. Certains d'entre eux contenaient des CD-Rom de données téléphoniques, transmis par les opérateurs. Jemsen retourna derrière l'écran d'ordinateur de la salle d'audience et les inséra les uns après les autres dans le lecteur du système. Il abandonna cette piste.

Il ouvrit ensuite quatre listes de données rétroactives de tous les appels passés et reçus par les disparus durant les six derniers mois. Sans les moyens techniques dont disposait la police pour analyser ces listes, c'était peine perdue... un peu comme chercher une aiguille dans une botte de foin, sans savoir à quoi ressemble une aiguille.

À la fin, il lut le contenu de trois CD-Rom contenant des recherches par champ d'antennes. Il s'agissait de trois cas de disparitions survenues en pleine campagne. Les enquêteurs avaient suggéré ce mode de recherche pour lister les portables qui s'étaient connectés à l'antenne de téléphonie sur le lieu et à l'heure supposée de la disparition.

Il n'y avait chaque fois qu'un nombre raisonnable de numéros reliés à l'antenne. Les zones agricoles ou forestières concernées étaient beaucoup moins fréquentées que les villes et les disparitions étaient survenues le soir, la nuit ou à l'aube.

Jemsen passa en revue les numéros. Celui de la personne disparue cohabitait avec quelques dizaines d'autres numéros suisses et parfois français, qui devaient correspondre au passage de travailleurs frontaliers. Évidemment, les noms des titulaires des raccordements ne figuraient pas sur ces listes. L'identification des abonnés relevait de la compétence de la police, qui pouvait consulter la base de données CCIS de la Confédération. Mais le travail de fourmi était souvent inutile, comme dans les affaires de trafic de stupéfiants, car les noms enregistrés auprès des opérateurs de téléphonie systématiquement fantaisistes.

Le procureur relut trois fois les listes. Il avait ressenti un malaise en les parcourant. D'abord inexplicable. Jusqu'à ce que la cause de cette étrange sensation ne lui saute aux yeux.

Un même numéro apparaissait sur les trois listes.

Un numéro suisse, non identifié.

Comment la police ne l'avait-elle pas repéré ?

Jemsen reprit les trois rapports de disparition et constata qu'ils étaient relativement éloignés dans le temps. Au surplus, ils étaient signés par des enquêteurs différents, qui n'avaient eu aucune raison de suspecter des liens entre les trois cas. Il comprit qu'il venait de trouver le point commun qu'il avait signalé à sa greffière.

Alors, il eut une idée un peu folle.

Il se tourna vers le téléphone fixe de la salle d'audience, décrocha le combiné et composa le numéro. À sa grande surprise, le raccordement semblait en service. Il y eut trois tonalités, puis une voix masculine répondit :

— Oui ?

— Qui êtes-vous ? demanda le procureur.

Il y eut un bref silence, avant que la voix ne reprenne :

— Comment avez-vous eu ce numéro ?

— Peu importe.

— Jamais vous n'auriez dû m'appeler. Je sais qui vous êtes. Et je sais où vous êtes.

La route du col de La Tourne avait été fermée à la circulation. Des rubalises entouraient la Mercedes du Secrétaire Luc Autier. Le corps de Justin Mollier était appuyé en position assise, contre la portière côté conducteur. Sa tête était retombée sur sa poitrine. Du sang s'était écoulé massivement de sa bouche et avait maculé tous ses vêtements.

Kramer, qui s'était éloigné pour téléphoner, revint vers ses collègues.

— Le légiste arrive, annonça-t-il.

Personne n'osa lui demander s'il avait aussi prévenu le procureur de permanence. Ils se souvenaient tous de la réaction qu'il avait eue à Chaumont.

— Le corps a été bougé après la mort? demanda le chef de l'ICS.

— Difficile à dire, répondit un inspecteur du service forensique. Il faudra attendre l'examen externe ou l'autopsie pour le savoir.

Le commissaire regarda le décor qui l'entourait. À la tombée de la nuit, le brouillard de la journée s'était estompé. Les lumières de Boudry et de Cortaillod faisaient scintiller le détroit de l'Areuse. Un gendarme, à côté de lui, fit ce commentaire :

— Si c'est le même tueur que celui de Martin, on peut dire qu'il est sensible au panorama.

Connard, pensa Kramer.

Les deux meurtres portaient la signature du *Vénitien*. Il le savait, mais ne pouvait l'évoquer ouvertement devant ses collègues.

— Qu'est-ce qui s'est passé ? demanda-t-il au responsable de la police scientifique.

L'autre sortit un sachet en plastique transparent contenant des cristaux.

— Je ne suis pas légiste, mais a priori, le tueur lui a fait avaler ça.

— C'est quoi ?

— Du verre pilé.

Verre de Murano, traduisit aussitôt le chef de l'ICS.

— Le CURML a déjà connu un cas similaire par le passé, poursuivit l'enquêteur du SF. Avec de la marijuana mélangée à du verre pilé et de la laque à cheveux, pour la rendre plus lourde à la revente au gramme. Bénéfice garanti.

— Et dans le cas de Justin ?

— Si ce sachet était plein, ça voudrait dire que le tueur lui en a fait avaler plusieurs centaines de grammes. Ça a dû causer des hémorragies au niveau de l'estomac, de l'œsophage, de la trachée et des poumons. Il en a même dans le nez.

— Il a vomi ? demanda Kramer en désignant la flaque rouge mêlée de nourriture digérée sur le ventre et les cuisses du défunt.

— Probablement. Le verre a dû provoquer de très nombreuses microcoupures en entrant et en ressortant.

Il éclaira le corps au moyen de sa lampe de poche. Le faisceau provoqua aussitôt une myriade d'éclats lumineux dans les taches de sang.

— Ça répond à ta question ?

Le commissaire fit signe que oui. Il se leva et s'éloigna à nouveau de la scène de crime pour appeler un de ses hommes.

— C'est Tristan. J'aimerais que tu me lances une recherche par champ d'antennes sur le col de la Tourne.

— On est dimanche.

— Ça ne peut pas attendre. Appelle le proc de permanence. Qu'il passe par le service de piquet du CSI. On a déjà reçu les résultats de l'antenne de Chaumont ?

— Pas encore. Mais mon contact à la PJF m'a transmis les données de l'IMSI-catcher pour l'attentat de mardi.

— Qu'est-ce que ça dit ?

— Le portable d'Alihan Satujev ne figure pas dans la liste.

— Ça ne signifie rien. Tout au plus qu'il n'est pas resté dans le périmètre après l'explosion. Ça ne l'innocente pas.

— C'est vrai. Mais les données rétroactives le situent au Locle au moment de l'attentat.

— Son téléphone, peut-être. S'il a agi seul, on pourrait imaginer qu'il n'ait pas pris son portable avec lui pour aller à Neuchâtel. Ce petit con a appris de ses erreurs depuis l'affaire du *Jamahat*. Il connaît nos moyens d'investigation.

— C'est possible. En revanche, il y a un autre numéro intéressant qui se trouvait à proximité de la place des Halles peu après l'explosion.

— Lequel ?

— Celui d'Hassan Marku.

Kramer remercia son inspecteur et fit savoir qu'il allait le rejoindre au BAP. La présence de l'homme de main de Berti Balla dans le secteur de l'attentat n'était pas une surprise. Le salon *Perla Blu* se trouvait à la rue des

Moulins, non loin de la place des Halles. L'information en soi devait donc être prise avec des pincettes.

Pourtant, le chef de l'ICS était convaincu du danger que représentait l'Albanais. Le Secrétaire Autier avait fait une description de son agresseur, qu'il ne pouvait ignorer. *Le Vénitien* était peut-être un seul homme ou plusieurs. Quoi qu'il en soit, le tueur était proche de ce milieu. Son surnom était peut-être un simple jeu de mots tournant autour de son vrai nom. *Hassan Marku. San Marco. Saint-Marc.* La ficelle paraissait un peu grosse, mais le gorille de Balla n'était pas une lumière.

C'était le deuxième message que *Le Vénitien* envoyait aux enquêteurs de l'ICS. Kramer décida qu'il était temps d'y répondre.

59

Norbert Jemsen n'avait pas reconnu la voix de son inter-locuteur, mais il comprit qu'il venait de commettre une erreur. En utilisant un combiné fixe de l'État, le numéro de l'appelant s'était certainement affiché sur le portable de l'appelé.

Je sais qui vous êtes.

Et je sais où vous êtes.

Le message était clair.

Il avait provoqué le danger et le danger allait venir à lui. Le procureur se rendit compte qu'il était seul dans les locaux du ministère public. Un mouton égaré, isolé, sans défense.

Son cœur s'emballa. Il s'en voulut d'avoir été si naïf. Il essaya d'appeler une nouvelle fois Flavie Keller, mais tomba de nouveau sur sa boîte vocale. Il n'avait pas le choix. Il devait quitter au plus vite les lieux et la rejoindre à l'hôtel *Beaulac*.

Sans éteindre l'ordinateur, ni les lumières des bureaux, il mit sa veste et se précipita vers la sortie. La rue du Pommier était plongée dans l'obscurité. Les voitures garées sur les pavés constituaient autant de cachettes pour un homme malintentionné. Il ne devait pas s'attarder dans le secteur.

En passant à côté d'une Subaru banalisée qui était stationnée sur l'emplacement jaune réservé à la police, il ne prêta pas attention au gendarme que Kramer avait chargé de sa protection à son insu. L'homme semblait endormi. Il venait d'être assommé par l'arc électrique d'un taser. *Le Vénitien* veillait, tapi dans l'ombre des Escaliers du Château. Le tueur vit Jemsen gagner le centre-ville. Le magistrat avait l'air nerveux. Il s'en réjouit. C'était exactement ce qu'il cherchait à provoquer. Une cible facile, en proie à la panique, incapable de réfléchir de façon cartésienne. Un animal traqué.

Flavie Keller s'était rhabillée. Face au miroir de la salle de bains elle retouchait son maquillage. Alba Dervishaj avait enfilé un peignoir blanc de l'hôtel *Beaulac* et la regardait, appuyée contre le cadre de la porte.

— Tu as des regrets ?

La greffière lui sourit.

— Aucun. J'en ai l'air ?

— Qu'est-ce que tu vas dire à ton mari ?

— Rien. Que veux-tu que je lui dise ? Je doute d'ailleurs qu'il me pose la moindre question à mon retour à la maison.

Tout au plus sentira-t-il sur mon corps le même parfum que j'ai senti sur lui l'autre soir, pensa-t-elle un peu ironiquement.

— On va se revoir ? demanda la prostituée

— Bien sûr, répondit Flavie. Demain matin, je viens te chercher pour t'emmener dans un appartement protégé du centre LAVI.

— Ce n'était pas exactement le sens de ma question...

La greffière ne réagit pas. La situation était trop nouvelle pour elle. Elle changea de sujet.

— Tu ne m'as toujours pas dit ce que tu es venue faire à l'hôpital avant-hier soir.

— Je te le dirai. Promis. Mais pas maintenant.

— Quand ?

— Quand j'aurai pu parler avec ton proc.

— Tu aurais pu le faire en audience ce matin.

— Pas comme ça. Pas sur procès-verbal.

— Pourquoi ?

— Je risque ma vie. Je veux des garanties.

Flavie rangea son tube de rouge à lèvres dans son sac à main. En passant à côté d'Alba, elle lui glissa un tendre baiser dans le cou. Elle s'assit sur le rebord du lit encore chaud de leurs ébats, pour enfiler ses bottines.

— Je lui parlerai.

— À ton mari ?

— Non, à Norbert Jemsen.

— Tu vas lui dire, pour nous ?

— Bien sûr que non ! Je vais le rejoindre au ministère public. Il doit se demander ce que je fais. Je lui dirai qu'il m'a fallu du temps pour te rassurer. Le côté social fait aussi partie de mon travail.

La prostituée éclata de rire.

— En tout cas, on ne peut pas dire que tu ne t'investis pas.

— Je ne fais jamais les choses à moitié.

Alba redevint sérieuse.

— Tu crois que ton patron accepterait de me rencontrer hors audience ?

Flavie lui sourit.

— Tu es venue dans sa chambre d'hôpital sans y être invitée. Je ne devrais pas avoir trop de peine à le convaincre de venir dans ta chambre d'hôtel demain matin, avec moi.

La greffière se leva, effleura une dernière fois ses lèvres et quitta les lieux.

61

Jemsen descendit la rue pavée du Château en direction de la Croix-du-Marché et fila vers la foule qui se pressait rue de l'Hôpital. Le centre-ville vivait au rythme de la Fête des vendanges. Les verres de blanc s'entrechoquaient. Les gens riaient, chantaient, dansaient. Les Neuchâtelois avaient enfin répondu présents au rendez-vous. Les trombes de pluie des deux jours précédents n'étaient qu'un mauvais souvenir mais le sol était encore couvert d'une boue immonde de confettis piétinés, qui collait aux chaussures et au bas des pantalons.

Le procureur avait pensé que la foule le rassurerait, qu'il s'y sentirait en sécurité, que son mystérieux interlocuteur ne tenterait rien contre lui au milieu de ces milliers d'inconnus, mais cette immersion dans la fête, au contraire, l'affola.

Il fut soudain pris de vertiges, au milieu du brouhaha et des bousculades. Son instinct l'avait averti d'un danger.

Il sentait que quelqu'un l'épiait, le suivait.

Il chercha autour de lui un visage qui lui serait familier. En vain.

Le procureur se retrouva pris dans un tourbillon d'émotions qu'il ne maîtrisait plus, comme un papillon dans l'œil d'un cyclone. Il avait la sensation que la menace pouvait venir de n'importe qui, de n'importe où, à n'importe quel moment. Il ne se souvenait pas avoir souffert d'agoraphobie par le passé. L'attaque de panique qui venait de le saisir était une notion nouvelle pour lui. C'était comme si on l'avait drogué à son insu. Son cœur et son souffle s'emballèrent. Il devait fuir ce lieu. Fuir le monde.

Vers le Temple du Bas, il repéra un groupe de trois personnes pressées. Il crut d'abord qu'elles venaient à sa rencontre et il eut peur. Quand elles passèrent à côté de lui en l'ignorant, il remarqua leurs oreillettes. Les policiers en civil chassaient le voleur à la tire, le pickpocket. Il comprit trop tard à qui il avait affaire. Il voulut les interpeller. Il tendit maladroitement un bras entre les fêtards pour tenter d'en attraper un par ses vêtements, mais les agents étaient déjà loin.

L'angoisse monta d'un cran au moment où, à hauteur du Collège Latin, un quidam l'attrapa par l'épaule. Aviné, l'adolescent qui arborait une perruque rose lui lança :

— Joli déguisement !

Déboussolé, Jemsen finit par comprendre que le jeune homme faisait référence aux pansements qui lui bandaient la moitié gauche du visage.

Il traversa la rue de la Place-d'Armes et gagna une zone plus calme et plus sombre, à proximité du lac. Son attention fut attirée par une file d'attente. Pour l'essentiel, des filles qui attendaient qu'une cabine de WC mobile se libère. Les garçons préféraient généralement se soulager un peu plus loin, sur les berges.

Pour atteindre l'hôtel *Beaulac*, il lui fallait contourner le port. Il ne devait pas s'attarder ici. Glissant les mains dans les poches de sa veste et baissant la tête, le procureur hâta le pas. Soudain, il fut stoppé dans son élan par un homme qu'il heurta de plein fouet.

Il s'excusa, mais l'individu ne bougea pas, ni ne répondit. Surpris, Jemsen releva la tête. En voyant le masque de loup sous le capuchon, il pâlit. Les traits visibles du visage étaient impassibles.

Par réflexe, le procureur fit un pas en arrière. L'homme portait une grande robe noire. Dans sa main droite, il tenait un taser. Son silence incarnait la mort.

Aucun mot ne sortit de la bouche de Jemsen, qui recula sans quitter des yeux l'ombre menaçante. Elle avançait vers lui sans précipitation. La distance entre les deux se réduisait inéluctablement. Le magistrat se sentit perdu. Il paniqua. Ne sachant où aller, il marcha à reculons en direction du lac. Jusqu'à ce que son instinct lui commande de fuir. À ce moment-là, il se retourna et se mit à courir.

Il dévala quelques marches en pierre qui le menèrent sur une plage de sable et de galets. Des ados au bord du coma éthylique ne lui furent d'aucun secours. Il arpenta le sol limoneux jusqu'à un petit chenal qui se jetait dans le lac et repéra une ouverture dans le quai. L'entrée du tunnel semblait mener sous la ville. Il se faufila dans la pénombre, en espérant que les ténèbres le protégeraient. Une odeur âcre lui piqua aussitôt les narines, celle des anciens égouts de Neuchâtel. Il s'enfonça dans l'obscurité.

Très vite, il se retrouva pris au piège, face à une grille verrouillée. Il comprit qu'il avait opté pour une impasse. Quand il se retourna, il n'eut que le temps d'apercevoir une ombre fondre sur lui, d'entendre le grésillement de l'électricité et de sentir son âme glisser vers le néant.

Quand les deux hommes déguisés ressortirent du tunnel, le plus grand au masque de loup soutenait son copain aux pansements. Quelques ados encore lucides furent rassurés de constater que certains adultes ne tenaient pas forcément mieux l'alcool qu'eux.

62

Après le départ de Flavie, Alba Dervishaj s'effondra en pleurs sur le grand lit. Elle se sentait isolée, prisonnière d'une situation inextricable. Le procureur Jemsen ne se souvenait de rien et ne lui viendrait pas en aide. Florent était forcément mort, sans doute éliminé par Berti Balla et sa brute de Marku. Les Albanais du réseau avaient gagné. Ils ne la lâcheraient pas. Elle finirait tôt ou tard comme Aureola, torturée à mort par sa faute. On ne retrouverait probablement jamais son corps.

Sa rage était dirigée contre elle-même, mais aussi contre les hommes qui avaient provoqué chez elle une lente perte d'identité. Les amants qui l'avaient tantôt maltraitée, tantôt détruite affectivement. Elle en vint à maudire le « gros con » dont elle regrettait d'être tombée naguère amoureuse et qui l'avait définitivement orientée vers des amours féminines.

Ah Flavie, si tu savais…

Elle avait passé un merveilleux moment dans les bras de la greffière de Jemsen. Une sorte de parenthèse dans son malheur.

Elle pensa aux rares personnes qui comptaient encore dans son cœur ravagé par les aléas de la vie. Sa mère, qui se faisait du souci, mais qui ne pouvait rien pour elle, perdue qu'elle était dans cet appartement trop grand et anonyme de la ville de Lausanne. Et son fils. La prunelle de ses yeux. Qui ignorait qui était son père. Et vice versa. Quand elle avait quitté le « gros con », elle lui avait caché cette grossesse non désirée.

C'était mieux ainsi !

Elle repensa aux dernières paroles de Flavie. Elle n'avait aucune envie d'aller dans un foyer, mais elle ne pouvait pas non plus rejoindre Lausanne. Ce serait faire courir trop de risques à ses proches. Elle n'en avait pas le droit.

Elle aurait préféré aller chez la greffière et prolonger leurs échanges pour oublier la réalité. Mais ça aussi, c'était impossible. Flavie était mariée et elle ne tarderait pas à comprendre que cette parenthèse était un moment d'égarement.

Cette idée la dévasta. Ses pleurs redoublèrent. Elle mordit un oreiller. Elle se sentait seule depuis longtemps. Trop longtemps. Son corps était devenu un dépotoir aux lugubres déviances de gros porcs. Plusieurs fois, elle avait eu des idées suicidaires, mais sa mère et son fils les avaient aussitôt effacées. Elle n'avait même pas le droit de mourir.

Dans son désespoir, elle envisagea de quitter cette chambre d'hôtel pour retourner au *Perla Blu* et laisser Berti décider de son sort. Mais elle fut interrompue dans ses pensées funestes par un bruit répétitif.

On venait de frapper à la porte.

Flavie ?

Room service ?

Elle essuya ses larmes, se leva, réajusta son peignoir et ouvrit. La dernière chose qu'elle vit fut l'éclair bleu du taser.

63

Le zodiac était bercé par les vagues au large de l'embouchure de l'Areuse. Aucun feu ne signalisait sa position. Le pilote coupa le moteur et l'embarcation ralentit. Le silence n'était plus entrecoupé que par le clapotis de l'eau contre les boudins de strongan.

Hassan Marku fut réveillé par un coup de pied dans les côtes. Il gisait au fond du bateau, les mains attachées dans le dos et les pieds liés par une grosse chaîne au bout de laquelle étaient attachés deux poids en fonte.

— T'es un homme mort, marmonna-t-il à l'intention du pilote.

— N'inverse pas les rôles, répondit Kramer. Tout va dépendre des réponses que tu me donneras.

— Je te donnerai que dalle, flic.

— Dans ce cas, tu mourras.

L'homme de main de Berti Balla essaya de se dégager de ses liens, mais la chaîne ne bougea pas. Il s'en voulut de s'être laissé si facilement berner par le policier. Son statut, ses récents passages au *Perla Blu*… Il ne s'en était pas méfié. Le commissaire voulait lui parler. Peut-être de la disparition d'Aureola. Aucune preuve. Il avait tout nettoyé. Rien à craindre de ce côté-là. Il était monté dans la voiture banalisée. Ils avaient roulé un peu. Puis il avait perdu connaissance.

Comment, il ne le savait pas.

— Qu'est-ce que tu veux ?

— Je veux que tu me parles du *Vénitien*.

Marku sourit. Ses plombages en or brillaient à la clarté de la lune.

— Je ne sais pas de quoi tu causes, flic.

— Arrête tes conneries, Hassan. Toi et moi, nous savons que tu n'es pas *Le Vénitien*. Tout au plus un mauvais *copycat*. Je veux seulement savoir pourquoi Berti t'a donné l'ordre de faire sauter la place des Halles et de tuer mes deux adjoints.

L'Albanais éclata d'un rire sonore.

— T'es en plein délire.

— Ce n'est pas toi ?

— Non.

— Très bien. Dans ce cas, tu ne m'es plus d'aucune utilité et personne ne va s'inquiéter de ta disparition.

Kramer saisit l'un des poids en fonte et fit mine de le balancer par-dessus bord.

— Attends ! intervint le gorille. On peut discuter, non ?

Le chef de l'ICS arrêta son geste.

— Il ne tient qu'à toi. Je t'écoute.

Marku avala sa salive.

— *Le Vénitien*, personne sait qui c'est.

— Tu ne m'apprends rien.

— La bombe, et les billes de verre... C'était une idée de Berti.

— Qu'est-ce qu'il cherchait à cacher derrière cet attentat ?

— Éliminer un mec qui avait recueilli des preuves sur nous.

— Le procureur Norbert Jemsen ?

— Non. Un certain Florent.

— Tu te fous de moi, Hassan ? Une bombe et des dizaines de morts pour une seule cible ? Dis-moi que je rêve !

— Berti voulait brouiller les pistes. Un tueur seul, des islamistes. Comme ça les flics étaient perdus. Et il éliminait un restaurateur place des Halles, qui n'avait pas voulu lui vendre son bar. D'une pierre deux coups.

— Mais vous êtes débiles, toi et ton boss ? C'est qui, ce Florent ?

— Un gars. Il a enquêté sur le réseau, recruteurs, filles, passeurs. Tout.

Kramer n'en revenait pas. Une bombe pour faire taire un témoin gênant.

— Et mes deux collègues ?

— Je te jure. C'est pas nous.

— Qu'est-ce qui me le prouve ?

— Parole.

— Ta parole ne vaut rien. C'est celle d'une belle racaille. Depuis quand la parole d'un truand aurait de la valeur aux yeux d'un flic ?

— Depuis que les flics comme vous sont devenus des racailles.

Le commissaire sourit.

Il regarda en direction des rives lointaines. La nuit était calme. Il n'y avait pas âme qui vive sur les eaux noires du lac. Hassan Marku était une ordure. Une crevure qui venait d'insulter Martin et Justin. Ses collègues. Ses amis. Morts dans d'horribles circonstances.

Il sortit un automatique, souleva brutalement le gorille et fit feu. La balle lui éclata l'épaule droite et se perdit dans l'eau du lac. Hassan hurla.

— Putain, je t'ai dit la vérité !

L'Albanais s'était mis à haleter de douleur. Entre larmes et rage.

— Peut-être que oui. Ou peut-être que non. Peut-être

que tu es *Le Vénitien.* Ou peut-être que tu ne l'es pas. Au point où nous en sommes, qu'est-ce que ça change?

— C'est peut-être toi, *Le Vénitien*... gémit Marku.

— Peut-être, murmura Kramer. Mais tu ne vivras pas assez longtemps pour le savoir.

Le chef de l'ICS reprit l'un des poids en fonte dans une main et le balança par-dessus bord. Il coula à pic et exerça une tension sur la chaîne attachée aux pieds du gorille blessé. Celui-ci grimaça. Il n'était maintenu dans l'embarcation que par la présence à bord du second poids.

— Un conseil, flic! Ne me rate pas!

La menace fit sourire Kramer.

— Pourquoi me dis-tu ça, Hassan? Tu crois que tu vas remonter du fond de l'abîme? Comme le méchant qui ne meurt jamais à la fin d'un mauvais film? Il y a une fosse de plus de cent mètres de profondeur sous ce bateau. Personne ne retrouvera jamais ton corps.

— Ça vaudrait mieux pour toi. Un flic honnête pourrait remonter jusqu'à ton arme de service.

Kramer regarda le pistolet qu'il tenait dans la main.

— Tu veux parler de ce petit joujou? Ce n'est pas le mien. C'est celui qu'on a trouvé hier chez Alihan Satujev. Tu connais? Une autre petite ordure dans ton genre. J'ai récupéré ce flingue ce matin au service forensique. Les examens balistiques n'ont rien donné, mais si on retrouve ton cadavre un jour – ce qui m'étonnerait – nos experts auront un *hit.* Et ce jour-là, tu seras si décomposé qu'il sera impossible de dater précisément ta mort.

La dernière expression qu'afficha le visage de Marku fut celle de la surprise, lorsque Kramer appuya sur la détente. La balle pénétra dans son œil gauche et fit exploser l'arrière de son crâne. Son corps tomba à la renverse et s'enfonça dans les flots noirs. Le second poids en fonte le fit disparaître dans le néant.

La camionnette filait à vive allure à travers la campagne neuchâteloise. Le faisceau des phares provoquait de sinistres déplacements d'ombres en bordure de forêt.

Le chauffeur écoutait l'*Ave Maria* de Schubert, chanté par Luciano Pavarotti. C'était la musique qui avait accompagné la sortie de l'église, à l'enterrement de son père sur l'île de Murano en 1978.

Il aimait conduire de nuit.

Il aimait le calme de la nuit.

Après le col de la Vue des Alpes, il bifurqua en direction des Ponts-de-Martel. Dans la partie arrière du fourgon, à même le plancher, les corps d'Alba Dervishaj et de Norbert Jemsen gisaient côte à côte, inanimés.

QUATRIÈME JOUR

65

En ouvrant les yeux, Alihan Satujev perçut d'abord un décor obscur et flou. Son corps était engourdi et son cerveau ne parvenait pas à remettre ses idées en place. Il ne savait pas où il se trouvait. Il avait l'impression d'avoir végété de nombreuses heures dans le coma.

Quand sa vue se stabilisa, la première chose qu'il remarqua autour de lui fut du bois. Du bois partout. Au sol, sur les murs, au plafond. La pièce était gigantesque, garnie de poutres vermoulues. Ce n'était pas le genre d'endroit qu'il avait l'habitude de fréquenter. Il identifia néanmoins la structure d'une vieille grange.

Ses derniers souvenirs se remettaient péniblement en place. L'intervention policière à son domicile, les heures de garde à vue au BAP, sa relaxe du soir au grand dam des flics, la soirée avec ses potes du *Jamahat* à l'Ancienne Poste, l'inconnu à la sombre berline, son déguisement grotesque.

Il se rappelait qu'il avait voulu parler avec le conducteur, qu'il s'était approché de sa voiture, qu'il s'était moqué de lui.

Puis plus rien.

Le néant.

— Putain, qu'est-ce que je fous là ? marmonna-t-il.

De la salive dégoulinait de ses lèvres.

Il avait de la peine à articuler. Il voulut bouger. Ses bras et ses jambes étaient entravés. Pourtant, ses sens lui indiquaient qu'il était debout. Il regarda en bas. Ses pieds étaient maintenus au sol de la grange par des fers vissés dans le plancher. Il regarda en direction du plafond. Ses mains étaient menottées à un tuyau rouillé qui traversait l'espace vide d'un mur à l'autre, à environ deux mètres de hauteur.

La peur le saisit.

Les battements de son cœur s'accélérèrent.

Il se mit à transpirer, rafraîchissant les vieilles auréoles qu'il affichait déjà sous ses aisselles.

— Tu es ici, parce que je l'ai voulu.

La voix ténébreuse sortait de nulle part.

— Qui êtes-vous ? bégaya le Tchétchène.

— Je suis celui que tu as voulu être.

Le prisonnier avala sa salive.

— Je ne comprends rien à votre charabia.

L'homme quitta l'obscurité en s'avançant de quelques pas dans un rai de lumière.

Satujev le reconnut à sa grande robe noire à capuchon et son masque de loup.

Dans ce contexte fantomatique, le déguisement de l'inconnu lui parut soudain plus terrifiant que grotesque. En fan de la saga *Star Wars*, il eut la sensation de voir s'avancer vers lui un clone de *Dark Vador*. Avec toute la stature, le mystère et l'impassibilité qui caractérisaient le personnage. À cela près que l'homme en noir ne tenait pas de sabre laser dans sa main droite, mais une petite tronçonneuse.

Jemsen regardait Alba Dervishaj. La prostituée peinait à émerger de son sommeil artificiel. Elle portait pour seul vêtement un peignoir blanc marqué d'un insigne de l'hôtel *Beaulac*. Son mascara noir avait dégouliné et séché sur ses joues, comme si elle avait pleuré.

— On est où ? demanda-t-elle.

— Je ne sais pas.

Ils étaient assis à même le sol terreux et humide d'une sorte de cave exiguë. L'endroit, plongé dans l'obscurité, ressemblait à un cachot moyenâgeux, avec des murs de vieille pierre. Une faible lumière filtrait entre les lattes d'un plafond de bois. L'unique accès était barré par une lourde porte de chêne bardée d'armatures en métal avec au centre l'ouverture verrouillée d'un passe-plat. Elle rappela au procureur l'ancienne tour des prisons de Neuchâtel, où tout était noir comme dans un tableau d'Arnold Bocklin.

— Si ce n'est pas vous qui m'avez assommée, reprit Alba, qu'est-ce que vous faites ici ?

Jemsen lui montra les cordes de chanvre nouées autour de ses poignets et de ses chevilles. Elle portait les mêmes.

— Il faudrait le demander à notre hôte.

— Berti ?

— Je l'ignore. Tout ce que je peux vous dire, c'est qu'il portait une robe noire et un masque.

La prostituée se frotta les yeux et opéra une rotation de la tête pour détendre sa nuque. Elle n'avait pas eu le temps de voir son agresseur, mais la méthode ne correspondait pas à celle du mac albanais.

— J'ai mal au crâne, se plaignit-elle.

— Taser, répondit le procureur. Et peut-être une drogue quelconque en plus.

— J'ai envie de pisser.

— Ne vous gênez pas.

Il lui désigna des toilettes rudimentaires, sans couvercle, ni chasse d'eau. Un simple tuyau en métal descendait le long du mur, avec un petit robinet à son extrémité. Elle regarda l'installation rouillée, beaucoup plus vétuste que celle d'une cellule de garde à vue du BAP.

— Qu'est-ce qui va nous arriver ?

— Je ne sais pas.

La réponse de Jemsen ne la rassura pas. Elle se mit à pleurnicher et à le rabrouer, en forçant un peu sur son accent albanais.

— Tout ça, c'est de votre faute !

— De ma faute ?

— Oui. Sans vous, jamais je ne serais devenue une putain à la merci de cette mafia.

Le procureur s'étonna de la remarque.

— Parce que je vous ai arrêtée et que je vous ai envoyée à la prison de Lonay ?

Alba le regarda un long moment sans répliquer, se contentant de le dévisager étrangement. Puis elle reprit :

— C'est vrai, alors ? Vous ne vous souvenez de rien ?

— Pas exactement. Mes souvenirs reviennent, mais…

— Vous ne vous rappelez pas de moi ?

— Non. Je suis désolé.

— Dans ce cas, vous et moi, nous sommes foutus.

Elle fondit en larmes.

67

À contrecœur, Tristan Kramer avait laissé entrer la greffière dans son bureau. La réceptionniste du BAP l'avait informé qu'elle avait déjà tenté de le joindre à plusieurs reprises et que cette fois, elle était en bas et qu'elle attendrait le temps qu'il faudrait.

— Qu'est-ce qui se passe, madame Keller ?

— Je l'ai déjà expliqué à vos collègues, mais j'ai l'impression que personne ne veut me croire. Le procureur Norbert Jemsen et Alba Dervishaj ont disparu.

— Qu'est-ce qui vous laisse penser ça ?

— J'avais rendez-vous avec mon magistrat hier soir au ministère public, mais quand je suis arrivée, il n'était plus là.

— Vous avez essayé de lui téléphoner ?

— Non. C'est impossible. Il a perdu son portable dans l'attentat de mardi dernier et jusqu'à sa sortie de l'hôpital avant-hier, le remplacer n'était pas une priorité.

— Vous aviez rendez-vous à quelle heure ?

Flavie fut gênée, en repensant au moment d'intimité qu'elle avait passé avec la prostituée et qui s'était prolongé.

— C'est vrai que je suis revenue assez tard au Parquet général, mais…

— Alors, il ne vous aura tout simplement pas attendue et il sera rentré chez lui.

— J'y ai pensé et je suis passée à son domicile, mais vos scellés sont intacts. Il était d'ailleurs censé dormir chez moi.

Le chef de l'ICS esquissa un sourire. La greffière se rendit compte de la méprise.

— Mon mari est au courant, précisa-t-elle. Nous avons à la maison tout le matériel pour changer les pansements de monsieur Jemsen.

— Et Alba Dervishaj ?

— Nous avions rendez-vous ce matin à l'hôtel *Beaulac*. Je devais la conduire au centre LAVI. Quand le personnel de l'hôtel a ouvert la porte de sa chambre à ma demande, ses affaires étaient encore là.

Et le lit était défait comme la veille, pensa-t-elle sans oser le préciser.

— Le procureur Jemsen aurait-il eu des motifs de vouloir partir avec madame Dervishaj ?

— Bien sûr que non ! Sinon, il m'en aurait certainement avisée.

— Très bien, madame Keller. Je vous remercie de ces informations. Je vais voir ce que je peux faire. Mais nous sommes en présence de deux personnes majeures.

— Que voulez-vous dire ?

— Dans de tels cas, l'enregistrement d'une disparition est plus délicat. Pour des mineurs, je ne dis pas. Mais pour des adultes, il existe un droit de disparaître, si j'ose m'exprimer ainsi. Et vous n'êtes pas de leur famille, sauf erreur de ma part.

— À ma connaissance, ils n'ont pas de famille proche. Ni l'un, ni l'autre.

Kramer s'impatientait.

— Parfait. Maintenant, laissez-moi faire mon travail, s'il vous plaît. Je ne vous retiens pas. D'autant plus que vous ne vous êtes pas montrée des plus agréables avec nos services. Que ce soit à l'hôpital vendredi dernier ou hier matin au ministère public.

Flavie encaissa la remarque et quitta le BAP, avec le sentiment de ne pas avoir été prise au sérieux.

De son côté, le commissaire retourna à la lecture de la revue de presse du jour, interne à la police. Celle-ci indiquait :

Deux gendarmes agressés au moyen d'un taser lors de la Fête des vendanges.

L'article résumait ce qu'il avait déjà appris de l'officier de service durant la nuit. Le premier gendarme avait été retrouvé inanimé dans sa voiture banalisée, sur l'emplacement réservé à la police de la rue du Pommier. Le second, devant l'hôtel *Beaulac*. Le communiqué de presse avait sciemment aiguillé les journalistes sur une fausse piste, celle de la Fête des vendanges et de ses débordements de violence liés à l'alcool.

Kramer était conscient, bien avant l'arrivée de la greffière dans son bureau, qu'il se trouvait en présence d'une double disparition, présentant des risques d'homicides similaires à ceux qu'avaient subis ses adjoints Martin Saudan et Justin Mollier. D'évidence, Norbert Jemsen et Alba Dervishaj avaient dû garder pour eux des informations capitales concernant *Le Vénitien*. Le chef de l'ICS pesta. Si seulement le procureur et sa greffière l'avaient laissé assister à l'audition de la prostituée.

Mais Kramer en voulait surtout à Keppler et à son Secrétaire de département d'avoir eu l'idée invraisemblable de faire appel à un tueur à gages pour des motifs aussi obscurs qu'ineptes.

Raison *d'État, avait prétendu Luc Autier.*
Mon cul !

Il se leva, se rendit dans le bureau voisin où travaillaient deux de ses inspecteurs et aboya :

— Est-ce qu'on a enfin reçu les résultats des recherches par champ d'antennes sur Chaumont et La Tourne ?

Alihan Satujev se mit à paniquer et tira violemment sur ses menottes, sans succès. Le vieux tuyau auquel elles étaient attachées était solide, en dépit de la rouille. Il ne réussit qu'à se faire mal aux tendons des deux poignets.

L'homme en noir s'était approché de lui et il pouvait à présent apercevoir les traits de son visage, sous le masque de loup.

— Je sais... se mit à ricaner nerveusement le Tchétchène. Je sais qui vous êtes. Vous êtes le flic de l'autre matin. Celui qui voulait me frapper. Vous n'avez pas réussi à me coincer, alors vous voulez me foutre la trouille. C'est ça ?

Pour toute réponse, *Le Vénitien* approcha la tronçonneuse éteinte d'un des bras du prisonnier. La chaîne glacée toucha la peau au niveau du poignet et la caressa jusqu'au coude. Le froid du métal, la peur panique firent trembler Satujev.

— Eh, déconne pas, mec ! T'es un flic, hein ? T'as pas le droit de faire ça !

— Ici, j'ai tous les droits, répondit calmement l'homme au masque. Tout ce que je veux savoir, c'est pourquoi tu as mis des billes de verre dans la bombe.

— C'est pas moi, mec. Je te le jure.

— Qui alors ? Qui a voulu lancer la police sur ma piste ?

Le Tchétchène se liquéfia. Pour la seconde fois en moins de deux jours, il urina dans son pantalon et se mit à pleurer.

— Je te jure, mec. C'est pas moi. Je te jure. Sur la tête de ma mère.

Le Vénitien afficha un rictus maléfique, entre sourire narquois et violent dégoût.

— Je te crois, Alihan. Je te crois.

La phrase surprit Satujev, qui lâcha un soupir de soulagement.

— Mais ta mère est morte, Alihan. Son pauvre cœur n'a pas supporté les conneries que tu as faites à l'époque du *Jamahat*. Alors, ne jure pas sur sa tête. C'est la déshonorer. Comme tu déshonores ce pays qui t'a accueilli. Tu es une merde, Alihan. Un poison pour la société. Le type même de gangrène qu'il faut éliminer. D'ordinaire, avec les petites frappes interlopes dans ton genre, j'utilise une méthode plus… chaleureuse, dirons-nous. Mais pour toi, ce sera différent. Ça t'excite de voir des vidéos de décapitations de *Daesh* ? N'est-ce pas, Alihan ? Ça te fait bander ? Tu te branles en voyant ces têtes coupées ?

Les yeux du Tchétchène se figèrent d'effroi lorsqu'il entendit que l'autre fou lançait le moteur de la tronçonneuse. Il n'eut pas le temps de dire un mot de plus. La chaîne attaqua son bras au niveau du coude. Le sang gicla sur un large périmètre autour des deux hommes.

69

Jemsen et Alba avaient entendu des bruits de pas, comme si quelqu'un marchait au-dessus de l'endroit où ils se trouvaient. Le plafond en bois avait légèrement grincé. Ils avaient aussi perçu des voix qui paraissaient lointaines, sans parvenir à comprendre la conversation.

Et ils sursautèrent tous les deux quand le moteur à essence se mit en marche, accompagné de hurlements effroyables. Très vite, il n'y eut plus de cris. La machine continuait à vrombir avec des tonalités différentes selon les moments. Parfois régulières, parfois stridentes. Comme si l'engin alternait les étapes faciles et les efforts. Le mou et le dur.

Le procureur et la prostituée ignoraient tout de la scène qui se déroulait au-dessus de leur tête et de l'outil utilisé. Jusqu'à ce qu'un liquide visqueux commence à perler du plafond.

Les interstices entre les planches diffusèrent d'abord des gouttes, puis des coulées qui devinrent de plus en plus abondantes. La surprise céda la place à l'horreur, lorsque les deux prisonniers comprirent que c'était du sang. La pénombre régnant dans leur cellule les avait empêchés d'en voir la couleur.

La vision provoqua un flash-back dans l'esprit d'Alba.

Elle revit les viscères d'Aureola s'écraser au sol dans la cave du *Perla Blu*. Les intestins et les autres organes glisser les uns contre les autres dans la flaque de sang.

Cette pensée faillit la faire vomir, mais lui donna une idée. Elle quitta le mur contre lequel elle était adossée et se mit à ramper jusqu'au lieu où l'hémoglobine s'écoulait le plus massivement à travers le plafond. Lorsqu'elle y parvint, elle tendit ses mains attachées sous le flot rouge, afin que la corde s'imprègne de sang.

— Faites comme moi! ordonna-t-elle à Jemsen en se tournant vers lui.

Déjà, des gouttes de sang éclaboussaient son peignoir blanc et son visage. D'abord révulsé par l'idée, le procureur finit par comprendre où elle voulait en venir et lui obéit.

Les hommes de Kramer avaient bousculé le greffe du procureur de permanence et obtenu les CD-Rom des recherches par champ d'antennes sur Chaumont et La Tourne.

— Le greffier du ministère public a tiré la gueule, prévint l'inspecteur. Ça n'a pas été facile. Je crois qu'ils sont complètement débordés, après les arrestations du week-end. Malgré la pluie, la Fête des vendanges n'a pas été de tout repos.

Le chef de l'ICS remercia son collaborateur. Sans plus attendre, il inséra tour à tour les deux CD-Rom dans son ordinateur, procéda à l'extraction des données et lança un programme informatique de comparaison. En quelques secondes, la machine afficha un numéro de portable.

— Putain, bingo ! s'exclama Kramer.

Un seul raccordement apparaissait sur les deux listes, preuve que son titulaire s'était trouvé sur les deux scènes de crime, dans la tranche horaire correspondante.

Immédiatement, il envoya une demande au CCIS à Berne, dans le but d'identifier le titulaire de ce numéro. La réponse lui parvint par retour de clic : *Aboubacar Diallo, Genferstrasse 381, 8000 Zurich.*

Un rapide contrôle confirma ses craintes. La Genferstrasse, la rue de Genève existait bel et bien, mais pas le numéro. Il s'agissait d'une fausse identité, preuve que certains opérateurs téléphoniques se montraient très peu regardants lorsqu'ils enregistraient leurs nouveaux abonnés.

Kramer rappela son inspecteur.

— Lance-moi une recherche d'urgence sur ce numéro de téléphone. Il faut le localiser rapidement. Je veux les résultats sur mon bureau dans l'heure.

— Qu'est-ce que j'indique comme motif, sur la demande de validation adressée au Tribunal des mesures de contrainte ?

— Je m'en fous. Fais un copier-coller d'une précédente requête qui concerne une personne disparue. Ça n'a pas d'importance.

L'inspecteur comprit l'urgence de la situation. Moins de trente minutes plus tard, il revint avec les données transmises par l'opérateur.

— Déjà ?

— Je suis passé par le service de piquet du CSI. Un simple coup de fil a suffi.

— Il déclenche où ?

— Une antenne aux Ponts-de-Martel.

— Ok, on y va. Demande aux fédéraux s'ils peuvent nous rejoindre sur place avec l'IMSI-catcher. Ça nous permettrait de localiser notre bonhomme au mètre près et nous éviterait de ratisser tout le village.

L'inspecteur partit chercher son collègue dans la pièce voisine. Kramer se leva et enfila sa veste. Au moment où il prenait son arme de service dans un tiroir de son bureau, son attention fut attirée par l'arrivée d'un eFax à l'en-tête du CURML, transféré par le service forensique. Il le prit et le lut rapidement. Le document concernait l'identification des victimes de l'attentat et confirmait l'anomalie que son inspecteur lui avait rapportée. Il se souvint des paroles de son homme :

J'ai appelé l'unité de génétique forensique ce matin, mais l'identification des morceaux de corps par comparaison ADN est encore en cours. Pour l'heure, aucun Florent ne figure parmi les victimes. En revanche, on m'a dit qu'il y avait un bug avec une analyse et qu'elle devait être refaite pour éviter toute erreur.

Il relut l'eFax une seconde fois et lâcha :

— Putain, c'est quoi, ce merdier ?

71

Le vacarme de la machine avait duré plusieurs minutes encore après la fin des hurlements. Puis elle s'était tue et le flot de sang s'était tari. Alba et le procureur en étaient maculés, mais ils avaient réussi à se défaire de leurs liens, en faisant glisser les cordes sur leur peau.

S'en était suivi un moment de silence, durant lequel de lourds souliers – peut-être des bottes – avaient martelé le plafond de bois. D'autres bruits impossibles à identifier avaient remplacé les précédents, comme un froissement, puis un jet puissant. De l'eau s'était mise à couler abondamment entre les planches. Teintée de rouge au début, elle était devenue de plus en plus claire au fil des minutes. Quand tout s'était arrêté, le sol de la cellule était détrempé. De terreux, il était devenu boueux.

— C'était quoi ? demanda la prostituée.

— Je préfère ne pas savoir, répondit Jemsen.

Alba se dirigea vers le robinet au-dessus de la cuvette des toilettes et le fit tourner, mais rien ne sortit du tuyau. Dépitée, elle se tourna vers lui.

— Et maintenant, qu'est-ce qu'on fait ?

— On trouve un moyen de sortir d'ici, répondit le procureur.

— Et comment on sort ? Vous avez vu cette porte ? On n'a aucune chance de la forcer.

Il savait qu'elle avait raison. Après un moment de silence, il demanda :

— Dites-moi, Alba, de quoi devrais-je me rappeler ?

— De tout. De vous. De moi. De Florent.

Florent...

— J'ai quelques souvenirs de Florent, mais ce ne sont pour l'heure que des images incomplètes qui surgissent au compte-gouttes de ma mémoire. Elles ne signifient pas grand-chose.

— Pourtant, si Florent m'a contactée, c'est sur votre suggestion.

— Pourquoi ?

— Parce que je pouvais vous aider tous les deux, de l'intérieur, à faire tomber le réseau de Berti Balla.

— Je me souviens que Florent et moi étions en contact pour ça. Il m'avait donné rendez-vous sur la place des Halles pour me remettre son dossier et toutes les preuves qu'il avait recueillies au Kosovo. Mais il n'en a pas eu le temps.

— La bombe ?

— Oui.

— J'en étais sûre. J'étais sûre que Berti l'avait éliminé. De quoi vous souvenez-vous d'autre ?

— Je ne sais pas. C'est assez flou. Je crois que Florent et moi étions amis.

— Amis ?

Elle marqua un étonnement narquois.

— Il me semble, oui.

— Mais, monsieur le procureur, Florent et vous étiez bien plus que des amis. Vous étiez frères. Il était votre cadet de deux ans. Du moins, c'est comme ça qu'il s'est présenté à moi dans ses e-mails.

La liaison téléphonique n'était pas optimale. Il y avait de la friture sur la ligne.

— Salut frangin.

— Salut Flo. Tu vas bien ?

— Ça peut aller.

Florent Jemsen téléphonait à son frère Norbert depuis Pristina. C'était un peu moins de cinq mois avant l'attentat. Des bruits de rotors couvraient la conversation.

— T'es où ?

— Sur la base de la KFOR, avec la Swisscoy.

— Qu'est-ce que tu fiches avec les militaires ? Il y a un problème ?

— Non, ne te fais pas de bile. Je suis juste venu voir un gars qui peut peut-être m'aider dans mon enquête. Il connaît bien la mafia albanaise de Berat.

Un hélicoptère décolla. Ils durent suspendre l'échange durant la manœuvre. Quand le bruit s'atténua, Norbert s'exclama :

— La guerre a repris ou quoi ?

— Non. Ce ne sont que quelques échauffourées entre Serbes et Kosovars dans la région de Mitrovica. Le nord du pays n'est pas encore très stable.

— En tout cas, ça me rappelle ton coup de téléphone

de Gaza, quand tu n'avais pas voulu appeler les parents parce qu'un hélico de l'armée israélienne bombardait les Palestiniens.

— Oui, je m'en souviens. Ça mitraillait à tout va et jamais je n'aurais réussi à rassurer les vieux, s'ils avaient entendu ça au téléphone. Paix à leur âme.

— Ouais, paix à leur âme.

Leurs parents étaient morts la même année, à six mois d'intervalle. C'était mieux ainsi. Jamais l'un n'aurait accepté de vivre sans l'autre, encore moins de finir dans une résidence pour personnes âgées.

— Dis-moi, comment s'appelle la fille que je dois contacter ?

— Alba. Alba Dervishaj. Elle travaille pour Robert Balla dans le salon *Perla Blu* à Neuchâtel. Je t'envoie ses coordonnées. Mais fais gaffe de ne pas lui faire prendre de risques inutiles. Berti n'est pas un enfant de chœur.

— Tu crois que je ne suis pas au courant ? T'imagines pas ce que j'ai vu ici. Comment ils traitent les filles. Et je ne parle même pas de celles qui disparaissent sans laisser de traces, parce qu'elles ont eu le malheur de représenter un danger pour le réseau à un moment ou à un autre. Ce sont des assassins.

— Je sais. Le tout est de le prouver.

— Nous y arriverons, frangin.

— Oui. Je compte sur toi, Flo.

— Promis. N'oublie pas les photos.

— Non, je n'oublie pas. Je vais t'envoyer des clichés de Robert Balla et de Hassan Marku par e-mail. Ça pourra peut-être te servir.

— Ok. Je les montrerai à mon contact de la KFOR. On verra bien.

— Prends soin de toi, petit frère.

— Toi aussi, Norbert. À bientôt.

73

En voyant le procureur hagard remuer les lèvres, Alba comprit que les souvenirs revenaient à la surface dans sa mémoire désagrégée. Il fallait encore un peu de temps pour que tout se remette en place. Mais du temps, ils n'en avaient pas. La prostituée hésita à se confier davantage, à provoquer d'autres déclics. Elle ignorait quelles en seraient les répercussions dans de telles circonstances.

Leur mystérieux geôlier ne s'était guère soucié d'eux depuis plusieurs heures. Il y eut alors un bruit de verrou. Le regard terrorisé des deux prisonniers se tourna vers la porte blindée, qui ne s'ouvrit pas. Seule la trappe du passe-plat s'abaissa. Une assiette en carton contenant de la nourriture non identifiable atterrit sur le sol humide. La trappe et le verrou se refermèrent.

— Qu'est-ce que vous nous voulez ? s'écria Alba.

Elle n'obtint pas immédiatement de réponse. Il y eut un moment de silence. Et une voix caverneuse, que Jemsen crut reconnaître pour l'avoir eue au téléphone la veille au soir, résonna derrière la porte.

— Vous n'auriez pas dû me traquer.

La prostituée et le procureur se regardèrent. Ils ne comprenaient pas la signification de cette phrase.

— Il y a erreur, tenta le magistrat. Nous ne savons pas qui vous êtes.

Nouveau silence, avant que l'homme ne reprenne :

— Si ce que vous dites est vrai, tant mieux pour moi. Mais pour vous, il est déjà trop tard. J'en ai peur.

Le dialogue s'arrêta là. Les deux prisonniers comprirent que leur hôte était reparti.

— Qu'est-ce qu'on fait ? s'inquiéta Jemsen.

— Je ne sais pas, répondit Alba. Mais il faut trouver une solution.

Elle regarda autour d'elle. L'assiette en carton contenant un gratin indéfinissable ne servirait pas d'arme. Pas de couverts, pas de métal. Alba eut un flash. Le seul objet métallique de la cellule était le tuyau censé amener l'eau jusqu'au petit robinet.

La prostituée se leva et en observa la structure. Elle essaya de le desceller du mur, mais elle manquait de force. Le procureur comprit son idée et la rejoignit. À deux, ils tirèrent de toutes leurs forces sur le tuyau, qui céda et se démonta en plusieurs parties.

Alba ramassa deux tubes rouillés et en tendit un à Jemsen.

— Contre un flingue, ça ne sera pas très utile. Mais contre un taser…

Jemsen prit la matraque improvisée et la soupesa. Elle était d'un certain poids, susceptible de provoquer des dégâts pour qui la recevrait en pleine figure, sur le crâne ou sur toute autre partie du corps.

— C'est mieux que rien, soupira-t-il.

— Assurément. Vous avez reconnu la voix de cet homme ?

— Non.

— Je me demande si ce n'est pas un flic. Ils sont même peut-être plusieurs.

— Qu'est-ce qui vous faire dire ça? s'étonna le procureur.

— Si vous m'avez contactée pour faire tomber Berti Balla, c'est parce que vous soupçonniez une complicité interne des flics. Vous disiez n'avoir aucune confiance en eux.

Jemsen eut l'impression d'entendre les paroles de Flavie Keller à l'hôpital.

On peut dire que vous n'aimez pas beaucoup les flics et ils vous le rendent bien. Vous n'avez qu'une confiance limitée en la police, non? En tout cas, vous répétez sans cesse qu'on n'est jamais mieux servi que par soi-même...

Après tout, Alba avait peut-être raison.

74

Les premiers coups de feu éclatèrent le lundi 27 septembre, au crépuscule. Mais ça, Alba et Jemsen l'ignoraient. Ils avaient perdu toute notion du temps depuis qu'ils étaient dans cette cellule.

Il y eut une dizaine de détonations, espacées de quelques secondes. Impossible de dire si elles provenaient de la même arme ou de plusieurs.

La prostituée et le procureur se regardaient sans dire un mot. L'inquiétude se lisait sur leur visage. Ils tenaient fermement dans leurs mains les bouts du tuyau métallique, prêts à s'en servir en cas de besoin.

Soudain, il y eut un bruit de loquet. La porte de la cellule se déverrouilla et deux hommes apparurent dans l'encadrement. Ils étaient armés de pistolets automatiques.

— Police, annonça l'un d'eux, sur ses gardes.

Le second regarda dans la petite pièce, pour voir si une troisième personne s'y trouvait.

— Suivez-nous ! ordonna le premier.

Les canons de leurs armes étaient pointés sur les deux prisonniers. Alba n'hésita pas.

Elle bondit sur eux.

D'une prise rapide à une main, elle détourna la première arme pour l'orienter vers le haut. De l'autre main, elle abattit violemment sa matraque de fortune sur les côtes du policier, qui hurla.

Surpris, l'autre homme voulut la menacer de son pistolet, mais son coéquipier se trouvait dans la trajectoire de la balle. Il hésita, ce qui lui coûta l'avantage. Alba projeta son bouclier humain contre lui. Les deux hommes basculèrent. Ils n'eurent pas le temps de voir la suite des événements. Le tuyau métallique frappa le premier à la tempe et le second au front. Ils s'écroulèrent l'un sur l'autre, assommés.

Jemsen n'avait pas eu le temps de réagir. Tout s'était passé très vite. Ébahi par ce qui venait de se produire, il regarda l'Albanaise et balbutia :

— Qui êtes-vous ?

Elle lui sourit.

Il reprit :

— Vous n'êtes pas…

— Une pute ? Non, monsieur le procureur. Une pute ne maîtrise pas le Krav Maga. Je suis l'inspectrice Tanja Stojkaj, de la police judiciaire fédérale. Je travaille comme agente infiltrée. Ça vous rappelle quelque chose ?

Sa dernière question était tournée avec un brin d'ironie, teintée de stress. Il la regardait, bouche bée. Il ne savait pas quoi répondre. Elle s'énerva soudain :

— Mais bordel ! Ça fait six jours que je me demande comment vous allez m'exfiltrer de ce bourbier et vous, vous ne trouvez rien de mieux que de perdre la mémoire. Vous êtes le seul à connaître ma mission et ma véritable identité. Même ma hiérarchie ignore tout. Vous avez eu la brillante idée de vouloir être mon *coverman* et moi, j'ai eu la stupidité d'accepter. Tout ça parce que vous soupçonniez des flics et des personnalités haut placées d'être compromis dans le réseau de Berti Balla.

Elle éloigna les pistolets des deux hommes évanouis,

en les jetant sur le sol en direction de Jemsen, puis elle fouilla sommairement leurs vêtements.

— Qu'est-ce que vous faites ? balbutia le procureur.

— Je cherche leurs cartes de police.

Elle les trouva et les lut.

— Ce sont des hommes du commissaire Tristan Kramer, annonça-t-elle.

— On peut leur faire confiance ?

— Certainement pas, lâcha-t-elle péremptoirement. C'est précisément de Kramer et des gars de l'ICS que vous vous méfiiez.

— Alors, qu'est-ce qu'on fait ?

— Ramassez ces deux flingues et fichons le camp d'ici au plus vite.

— Ne bougez pas !

Ils s'immobilisèrent. Kramer se tenait dans l'embrasure de la porte et les braquait avec son arme de service. Il fixa Alba, qui était encore accroupie à côté des deux inspecteurs inanimés, et lui ordonna :

— Toi, la pute, tu te relèves doucement, sans mouvement brusque, et tu recules.

Elle lui obéit.

Puis il s'adressa au procureur.

— Vous, prenez les pistolets par le canon avec deux doigts et jetez-les dans la cuvette des WC derrière vous.

Jemsen s'exécuta.

Le chef de l'ICS, sans quitter des yeux les deux prisonniers, s'agenouilla pour prendre le pouls de ses collaborateurs. Il constata qu'ils étaient en vie.

— Pourquoi avez-vous assommé mes hommes ?

— Pourquoi vous ferions-nous confiance ? répliqua l'inspectrice fédérale.

— Parce que nous sommes venus pour vous aider. Savez-vous où se trouve *Le Vénitien* ?

Alba et Jemsen se regardèrent avec un point d'interrogation dans les yeux. C'était la première fois qu'ils entendaient ce surnom.

— Qui est-ce ? demanda-t-elle.

— C'est ce que j'aimerais savoir. Tout comme j'aimerais comprendre, monsieur le procureur, pourquoi votre ADN correspond à des morceaux de corps déchiquetés et carbonisés sur une table d'autopsie du CURML.

Il y eut un silence lourd. Kramer se raidit. Son visage afficha une grimace, un mélange de surprise et de douleur. Il lâcha son arme et porta ses mains à sa poitrine.

Une tige de verre venait de jaillir de son corps, à hauteur du sternum. Derrière lui se tenait une forme humaine à longue robe noire et masque de loup. Les deux hommes étaient éclairés par la seule lumière qui provenait du couloir et reflétait les éclats de la silice.

76

Le chef de l'ICS agrippa la tige de verre, dont la pointe s'était brisée lors de l'impact. Elle avait transpercé son torse de part en part et ressortait devant lui, d'une trentaine de centimètres. Il essaya de se dégager de ce pal, en ensanglantant ses poings. Derrière, *Le Vénitien* tenait fermement son arme.

Il y eut un semblant de lutte inégale entre les deux hommes. Finalement, dans un ultime élan désespéré, Kramer recula brusquement. Le pieu scintillant s'enfonça davantage dans son corps, mais il se rapprocha du tueur. Son cœur lâcha peut-être à cet instant. Ou peut-être lorsqu'il tomba en arrière de tout son poids, entraînant dans sa chute l'homme au masque de loup.

— Maintenant ! cria Alba à Jemsen.

Elle tenait encore son bout de tuyau dans la main droite. Le procureur ramassa le sien et ils s'enfuirent en courant, bondissant par-dessus les quatre corps étendus.

Le Vénitien tenta d'agripper le peignoir de sa prisonnière. De son côté, elle essaya de le matraquer au passage. Tous deux échouèrent dans leur manœuvre.

Alba et Jemsen se retrouvèrent dans un petit couloir aux murs blanchis à la chaux. Au bout de celui-ci, il y avait un escalier en bois qui menait à une trappe ouverte.

Ils montèrent et arrivèrent dans une vaste grange à la poutraison impressionnante.

L'inspectrice devina que c'était là qu'avait eu lieu l'exécution de l'inconnu, mais il n'y en avait plus aucune trace. Le sol de bois était encore imprégné d'eau. Elle repéra une porte et s'écria :

— Par-là !

Le procureur la suivit.

Une fois à l'air libre, ils hésitèrent un instant face au paysage qui s'offrait à eux. La nuit tombait sur un décor lugubre. Une épaisse nappe de brouillard empêchait d'identifier l'endroit où ils se trouvaient. Un jardin mal entretenu séparait la vieille ferme neuchâteloise d'une forêt éparse de bouleaux.

Jemsen indiqua à Alba un ponton en bois. Ils se précipitèrent dans cette direction et coururent sur plusieurs centaines de mètres, jusqu'à une zone sans haute végétation.

Après quelques minutes de fuite, Jemsen dut s'arrêter pour souffler.

— Ce n'est pas le moment, murmura-t-elle.

— Deux secondes, soupira-t-il. Je n'en peux plus.

De part et d'autre du ponton, il y avait une sorte de marécage, alternant entre étangs et étendues de terre très foncée. Jemsen connaissait cet endroit.

— Les tourbières des Ponts…

— Quoi ? demanda Alba.

— Ce sont des tourbières. J'y suis déjà venu.

Il avait un vague souvenir du Marais Rouge. D'ados jouant sur les pontons.

L'inspectrice regarda derrière eux. *Le Vénitien* ne semblait pas être à leurs trousses. Elle restait néanmoins à l'affût du moindre danger, car il devait très bien connaître les lieux. Elle repensa au sort de Kramer et s'en voulut d'avoir mal jugé la situation.

— Dites-moi, monsieur le procureur, puisque c'est l'heure des confidences croisées, c'est quoi cette histoire d'ADN et de morceaux de corps carbonisés ?

77

Le vol Pristina-Zurich de Swissair avait atterri comme prévu à 11 h 50. Florent Jemsen venait de rentrer du Kosovo. Il avait loué une voiture pour rentrer à Neuchâtel et l'avait garée rue Jehanne-de-Hochberg, non loin du centre-ville. La première chose qu'il avait faite en arrivant avait été de rouler une cigarette avec du Yayladag. Le tabac turc qu'il avait découvert lors d'un voyage à Istanbul était bien meilleur que le petit gris de contrebande des échoppes de Pristina.

En descendant la rue pavée depuis le château, il était passé devant le ministère public et avait pensé à Norbert, avec lequel il avait rendez-vous. Ils ne s'étaient pas revus depuis quatre ans.

Allaient-ils se reconnaître ?

Son frère avait-il changé physiquement ?

Un peu quand même, d'après ce qu'il avait pu voir sur Facebook.

Il ouvrit son compte Florent-P – comme « personnel » pour le différencier du compte qu'il utilisait pour le travail – et rechercha une photo récente de Norbert. Une barbe naissante le vieillissait un peu, mais le rendait plus viril. Plus séduisant. Presque comme si son aîné de deux ans avait voulu lui ressembler.

Il arriva sur la place des Halles par la rue du Trésor. La ville de son enfance était belle, vivante. Les senteurs d'un stand d'épices lui rappelèrent les Balkans. Après l'étal de fruits et légumes, il fut submergé par le bonheur des gens, qui s'étaient amassés en nombre sur les terrasses. On parlait, on buvait, on rigolait. Des enfants jouaient autour d'une fontaine et s'amusaient à faire fuir les moineaux et les pigeons.

Ce bonheur contrastait avec les sombres résultats de l'enquête qu'il avait menée au Kosovo et les ramifications neuchâteloises de la mafia albanaise. Derrière le miroir, il y avait de grandes souffrances, que le peuple suisse ignorait ou préférait ignorer.

Florent amenait enfin à son frère les preuves physiques qui permettraient de faire tomber le réseau international de traite d'êtres humains et de prostitution mis en place par Berti Balla. Le procureur se chargerait d'arrêter toute la bande pour la faire traduire en justice.

Lui, il se retirerait de l'affaire et peut-être reprendrait-il bientôt son poste d'enseignant à La Fontenelle ou dans un autre collège du canton. Retrouver une classe, même turbulente, serait assurément une sinécure après les quatre ans qu'il venait de traverser.

Mais avant cela, il avait promis à Alba Dervishaj de la rencontrer, au moins une fois en vrai. Ne serait-ce que pour la remercier.

Ils avaient convenu de se retrouver le jour même dans un lieu un peu éloigné de Neuchâtel, au restaurant Engelberg à Twann, au bord du lac de Bienne. Il se réjouissait de faire la connaissance de celle qui l'avait aidé à distance dans son enquête.

Sur la terrasse du Charlot, Norbert buvait un café et lisait l'édition *Arcinfo* du jour. Il n'avait pas l'air stressé.

Dans son travail de magistrat, il avait dû en voir de toutes les couleurs. Le dossier Balla ne devait représenter qu'un cas parmi tant d'autres.

Leurs regards se croisèrent. Ils se reconnurent. Il y eut un échange de sourires. Ceux des derniers représentants d'une famille enfin réunis.

Derrière Norbert, il y avait un homme. Florent ne le reconnut pas tout de suite. Bien habillé, il avait la stature d'un malabar, une mâchoire carrée et des dents en or. Il s'était levé et avait quitté les lieux précipitamment. Quand Florent avait remarqué la serviette oubliée, son esprit avait fait le lien avec l'une des photos que Norbert lui avait envoyées à Pristina. Cet homme était Hassan Marku, le bras droit de Berti Balla.

Florent comprit la menace. Il ouvrit la bouche

Et il y eut la grande lumière qui précéda le bruit assourdissant.

78

— Bordel, tu fais chier !

Elle avait naturellement retrouvé le tutoiement qu'ils employaient dans leurs échanges d'e-mails.

Elle le regarda, incrédule.

— C'est incroyable, cette ressemblance physique. Tu as berné tout le monde.

— Sans le vouloir, crois-moi. J'ai été sincère jusqu'à présent, même si je sentais bien que le rôle qu'on me prêtait depuis mon réveil à l'hôpital m'était étranger.

— Pourtant, vous n'êtes pas jumeaux.

— Non. J'ai deux ans de moins que Norbert.

À l'évidence, la barbe naissante chez les deux frères, ajoutée à un gros air de famille et aux bandages masquant en partie le visage de Florent, pouvait créer la confusion.

— Même Flavie… commença Alba.

Elle n'eut pas le temps de terminer sa phrase. Une détonation résonna dans le brouillard. Un impact s'écrasa non loin d'eux, faisant gicler des esquilles du ponton.

Le coup de feu fut suivi d'un second, puis d'un troisième. Les balles volèrent non loin de leurs têtes.

Ils se mirent à courir sur le chemin boisé tracé à travers les tourbières. *Le Vénitien* tira encore une fois. Se rendant compte qu'ils formaient une cible trop facile, Florent agrippa Alba par le bras et la força à sauter du ponton. Ils atterrirent sur le sol marécageux.

— Suis-moi ! cria-t-il.

Il connaissait plus ou moins l'écosystème de la vallée des Ponts, pour l'avoir étudié une fois avec sa classe de La Fontenelle en cours de géographie.

Çà et là, des bouleaux épars et de la lande de bruyère donnaient au paysage des allures de toundra. La terre était ferme ou meuble sans qu'on puisse le prévoir autrement qu'en s'enfonçant jusqu'aux chevilles. Sans souliers, Alba dut redoubler d'efforts pour suivre Florent. À plusieurs reprises, ils chutèrent et se relevèrent. Le peignoir de l'inspectrice perdit toute trace de sa couleur blanche d'origine. Même les souillures du sang de Satujev avaient disparu sous les taches noires de la tourbe. Ils ne ressemblèrent bientôt plus qu'à deux pantins recouverts de boue, comme Montand et Vanel dans *Le Salaire de la Peur*.

— Par ici ! lança Jemsen.

Elle voulut le suivre, mais la brume survolant le sol lui masqua le danger. Elle mit un pied où il ne fallait pas. Elle s'enfonça dans le sol mouvant et bascula dans le marécage.

— Ta main ! lui ordonna Florent.

Elle la lui tendit. Il la tira à lui de toutes ses forces. La manœuvre déterra un objet solide d'une certaine longueur. Alba le vit aussi, juste à côté d'elle dans la boue. À première vue, elle crut à une branche d'arbre, mais elle déchanta aussitôt en constatant de quoi il s'agissait.

Une jambe humaine sectionnée à la base du tronc.

— Quelle horreur ! gémit-elle. Sors-moi de là !

Il s'exécuta.

Une fois sur la terre ferme, elle regarda le membre à moitié momifié.

— C'est pas le type de tout à l'heure, lâcha-t-elle, horrifiée.

Florent se rappela *l'homme des tourbières* découvert en Irlande en 2011 et les propriétés conservatrices de la boue des marais. La peau, les cheveux, les vêtements et le contenu de l'estomac avaient été parfaitement conservés grâce à l'acidité du milieu et au peu d'oxygène présent dans ce genre de marécage, constitué de couches superposées de mousse morte.

— Que pensez-vous de mon musée naturel ? rugit soudain la voix du *Vénitien*.

L'homme à la robe noire et au masque de loup se tenait debout, à quelques mètres, comme en lévitation dans la brume. Il braquait sur eux une arme de service de la police. Probablement celle de Kramer.

Loin derrière lui, un puissant halo orangé perçait la couche de brouillard. Ils comprirent que le tueur avait mis le feu à la ferme pour faire disparaître toute trace de ses crimes.

— Vous n'effacerez pas ceux-ci, fit remarquer Alba, en référence à la jambe coupée. Je suis sûre que l'endroit recèle d'autres surprises de ce genre, non ?

Le Vénitien ricana sous son masque.

— Qui penserait à venir fouiller ici ? Et si tel était le cas, ces corps sont ma garantie. Ils constituent non seulement des preuves contre moi, mais aussi et surtout contre ceux qui m'ont engagé.

— Qui êtes-vous ? lui demanda Florent. Qui sont vos commanditaires ?

— Cela n'a pas d'importance, monsieur le procureur. Maintenant, marchez dans cette direction tous les deux.

Il leur indiqua un vague chemin à travers la tourbière. Ils durent le précéder et il les suivit sur quelques dizaines de mètres.

— C'est assez ironique, reprit *Le Vénitien*. Cette friche industrielle a permis de chauffer de nombreux foyers de l'arc jurassien avant l'arrivée du mazout. Mais ce paradis naturel peut aussi vite devenir un enfer pour qui en ignore les dangers.

Après avoir prononcé ces paroles, il s'arrêta et les laissa poursuivre. Jemsen remarqua que le sol devenait de plus en plus spongieux. Ils marchaient dorénavant sur la sphaigne, des couches de mousse flottante également appelées «tremblants». Il se souvint du cours qu'il avait préparé : il était extrêmement dangereux de s'y aventurer.

Il se tourna vers Alba et voulut l'avertir. Ils échangèrent un regard, mais n'eurent pas le temps de parler. Le sol se déroba sous leurs pieds et ils disparurent, engloutis par le marais.

Il y eut des bruits d'éclaboussures, de remous, puis de bulles remontant à la surface. *Le Vénitien* resta encore quelques minutes sur place, à pointer son arme en direction du marécage, pour s'assurer qu'ils ne remontaient pas. Quand il fut convaincu que tout était terminé, il s'en alla.

CINQUIÈME JOUR

79

Au château de Neuchâtel, le premier citoyen du canton s'exprimait depuis la tribune, quand le Secrétaire général Luc Autier pénétra dans la salle du Grand Conseil. Le Parlement avait avancé sa session du jour à la demande de plusieurs députés, soucieux de l'absence de budget de l'État depuis le début de l'année. On était tout de même le 28 septembre. Luc Autier s'avança discrètement entre les travées de l'hémicycle jusqu'à la place occupée par son Chef de département.

Pierre Keppler le regarda, soucieux. Autier se pencha vers lui et murmura :

— J'ai reçu des nouvelles préoccupantes de l'État-major de la police. Le commissaire Kramer et le procureur Jemsen ont disparu.

— Vous plaisantez ?

— Pas du tout. Après ce qui m'est arrivé, je pense que vous et moi devrions bénéficier d'une protection accrue.

— Vous avez des nouvelles du *Vénitien* ?

— Aucune. Mais il sait que nous l'avons trahi.

Le Conseiller d'État avait soudain perdu toute aisance. Il se mit à transpirer, se tourna vers le président du Parlement, qui siégeait en hauteur derrière lui, et l'interrompit dans son intervention au sujet des finances cantonales.

— Excusez-moi, monsieur le Président. Je vais devoir m'absenter un moment. Une affaire de la plus haute importance.

Les deux hommes remontèrent la travée, entre députés PLR et socialistes, et se dirigèrent vers la sortie, sous les murmures et les regards interrogateurs de plusieurs journalistes.

Au moment où ils approchaient de l'issue, un groupe de personnes leur barra le chemin. Il y avait des gendarmes et deux civils. L'interruption de séance s'accompagna d'un brouhaha général. Personne ne comprenait la situation, hormis Autier. Il pâlit, lorsqu'il reconnut Alba Dervishaj et Norbert Jemsen.

Le procureur lança aux pieds du secrétaire les deux bouts de tuyaux rouillés.

— La prochaine fois que vous cherchez à noyer des gens, monsieur le Secrétaire, veillez à ne pas leur laisser des tubas.

Un gendarme s'avança, une paire de menottes à la main.

— Luc Autier, vous êtes en état d'arrestation. Veuillez nous suivre sans résister.

Plus rapide que l'éclair, le secrétaire plongea une main sous son blazer et sortit l'automatique de Kramer. Dans la panique, il saisit le député le plus proche de lui et s'en servit comme d'un bouclier.

— Ne bougez pas ! hurla Autier. Sinon, ce canton devra chercher un autre président pour sa commission judiciaire.

Le député Antoine Schnyder leva les mains. Le canon du pistolet était braqué sur sa tempe. Il se mit à trembler, mais resta silencieux.

— Reculez ! ordonna le secrétaire. Tous !

Les députés les plus proches de lui ne bronchèrent pas, les plus éloignés tentèrent de se cacher sous leur siège. Il y eut un mouvement de foule dans la galerie qui surplombait la salle. Le personnel de l'administration cantonale et les rares quidams qui étaient venus assister à la session du Grand Conseil évacuaient les lieux en courant. Il y eut des cris et des bousculades.

— Comment avez-vous su ? demanda Autier à Jemsen.

— La ferme est enregistrée au registre foncier au nom de votre père, Andrea Autieri. Ce n'était pas très sorcier. Mais votre naturalisation et le fait de franciser votre prénom et votre nom de famille ne suffisent pas à faire de vous un *Vénitien*.

— Qu'en savez-vous, Jemsen ? Que savez-vous de ma famille et de ma vie ?

Luca Autieri avait toujours été attaché au Palais des Doges et au Campanile, autant qu'au Château et à la Collégiale. L'île des souffleurs de verre avait été le terrain de jeu de son enfance ; le canton de Neuchâtel, celui de sa vie d'adulte. La petite République helvétique était devenue sa terre de cœur.

— Nous savons que vous êtes un assassin, lâcha Jemsen.

— Erreur, monsieur le procureur ! Je suis un visionnaire. J'ai fait gagner des millions de francs à l'État, en le nettoyant de toute cette gangrène qui vivait à ses dépens. Tous ces assistés sociaux, qui profitent du système et se complaisent dans l'oisiveté. Tous ces demandeurs d'asile et ces illégaux qui inondent nos rues de cocaïne et que nous devons encore héberger à nos frais au moment de leur arrestation. Tous ces escrocs étrangers qui touchent des prestations complémentaires de l'assurance pour construire des villas dans leur pays. Tous ces fraudeurs du fisc et j'en passe. Un jour, on me reconnaîtra le statut de bienfaiteur de la République.

Emballé par sa tirade mégalomaniaque, Autier fit un geste éloignant le canon de son arme de la tête de Schnyder. Considérant qu'elle ne se représenterait peut-être pas, Alba saisit l'opportunité qui s'offrait à elle. Elle visa la tête du secrétaire et tira.

Un seul coup.

La détonation se répercuta dans le vaste espace de la salle du Grand Conseil. Les vitres tremblèrent. La balle atteignit Autier à la base du front, lui dessinant un troisième œil. Il mourut en direct devant de nombreux spectateurs, qui suivaient les débats du Grand Conseil grâce à un système de caméras qui les retransmettaient sur Internet.

80

— Où est Keppler ? demanda Jemsen.

— Il est sorti, répondit un gendarme.

Alba regarda le procureur. Ils se comprirent sans un mot. Elle se précipita dans la cour du château et courut sur les pavés pour emprunter une petite porte au pied d'une tourelle. Il la suivit… Un escalier en colimaçon les mena sous les toits de l'aile sud, jusqu'au bureau du Conseiller d'État.

Quand ils entrèrent dans la chambre médiévale ornée de grandes bibliothèques et d'un ordinateur dernier cri qui détonnait avec le décor, ils trouvèrent l'élu assis dans un fauteuil Renaissance. Pierre Keppler leur faisait face et tenait un vieux revolver Taurus. L'inspectrice le visa aussitôt avec son arme.

— Ne m'obligez pas à tirer, monsieur. Soyez plus intelligent que votre secrétaire.

L'élu tremblait. Il avait peur.

— Ce que j'ai fait, je l'ai fait pour l'État.

— Assassiner de pauvres gens sous le couvert de la raison d'État ? demanda Jemsen.

— Des profiteurs, répondit l'élu.

— Ces gens méritaient peut-être d'être jugés, monsieur le Conseiller d'État. Certainement pas d'être torturés et découpés en morceaux. La police ratisse en ce moment les tourbières des Ponts et je peux vous assurer que ce n'est pas beau à voir.

Keppler se mit à bégayer.

— Tout ça, ce n'était pas mon idée. C'était celle d'Autier. C'est lui qui a eu l'idée d'engager *Le Vénitien* et qui l'a contacté. Quand ce tueur à gages est devenu incontrôlable, je n'ai eu d'autre choix que d'en parler au commissaire Tristan Kramer, pour qu'il nous en débarrasse. Mon secrétaire m'en a voulu.

— Normal, puisqu'il était à la fois le mandant et le mandataire.

— Je ne l'ai jamais soupçonné. Pas une seule seconde, croyez-moi. Sinon, je l'aurais dénoncé. Il disait que grâce à nous, la République pourrait économiser des millions de francs de prestations sociales. Au début, je ne voulais pas, mais…

— Vous avez cédé.

— Autier me tenait. Il me faisait chanter. Il connaissait mes faiblesses.

En pénétrant dans la pièce, Alba avait tout de suite perçu le parfum masculin, légèrement musqué, qu'elle n'était pas près d'oublier.

— Comme payer Robert Balla pour abuser en toute impunité des prostituées du *Perla Blu* ? dit-elle.

La question déstabilisa l'élu.

— Comment savez-vous ?

— Parce qu'en entrant ici, j'ai tout de suite senti l'odeur du porc. Elle surpassait la fragrance entêtante de la lâcheté et de l'angoisse, qui rappelle les odeurs des oreillers usagés dans les wagons-lits des CFF. L'odeur du porc surpasse tout. Je l'ai reconnue parce que j'étais l'une de ces prostituées, monsieur le Conseiller d'État. Mais il est vrai que vous ne m'avez vue que de dos et avec un bandeau sur les yeux.

Il la regarda, d'abord incrédule. Puis il comprit qu'elle ne bluffait pas. Il se souvint de la «remplaçante» de sa favorite, Aureola.

— Je… je ne voulais pas, balbutia-t-il.

— Bien sûr que si! tonna l'inspectrice.

Il baissa la tête, honteux.

— Je demande votre pardon.

— Je ne vous le donne pas.

— Je comprends.

Pierre Keppler savait qu'il ne supporterait pas le scandale médiatique qui allait résulter de toute cette affaire. Les journalistes allaient le clouer au pilori. Il deviendrait la risée du canton et probablement de toute la Suisse romande, voire bien au-delà.

— Je n'ai que deux choses à vous demander, reprit-il. Épargnez à ma famille tous les détails sordides. Ma femme et mes enfants n'ont pas besoin de les connaître. Et faites en sorte que mon futur portrait, que l'on accrochera au mur de la salle des chevaliers, soit plus beau que ma personne.

Lorsqu'il retourna l'arme contre lui et introduisit le canon du revolver dans sa bouche, ni l'inspectrice, ni le procureur ne tentèrent de l'en dissuader. Jemsen ferma les yeux. Alba, impassible, dévisagea Keppler jusqu'à entendre le bruit de la détonation.

À quinze heures précises, le 28 septembre, les gendarmes investirent en nombre le *Perla Blu*. Ils trouvèrent Berti Balla derrière le bar, en train de compter la recette de la veille.

Florent Jemsen lui signifia son arrestation, en s'inspirant de la phrase que le gendarme avait dite à Luc Autier dans la salle du Grand Conseil. Un peu comme dans les films, s'était-il dit alors.

Le mac albanais n'opposa aucune résistance au moment où les policiers lui passèrent les menottes. Il se contenta de sourire.

— Je veux voir mon avocat.

— Vous le verrez en temps voulu, dit Jemsen.

— Pour quel motif m'arrêtez-vous ?

— Trafic d'êtres humains et encouragement à la prostitution.

— Je ne fais rien de tout ça.

— Nous verrons bien, monsieur Balla.

— Je suis un *businessman*. Rien d'autre. Vous n'avez aucune preuve contre moi.

Alba s'avança vers lui.

Quand il vit la prostituée qui accompagnait la police, il fut un instant déstabilisé. Puis il chercha tout de suite à la dénigrer, à s'attaquer à sa crédibilité.

— La parole d'une pute n'a aucune valeur.

— Mais celle d'un flic, oui.

Il la regarda, étonné. La phrase qu'elle venait de prononcer n'avait aucun sens pour lui. Il la dévisagea, analysa ses vêtements, qui changeaient radicalement des dessous sexy dans lesquels il avait été habitué à la voir tous les jours, et s'arrêta sur le pistolet qu'elle portait dans un étui à la ceinture.

Il pâlit.

— Qui es-tu?

Ces mots marquaient une certaine inquiétude. Il n'était pas sûr de saisir tous les paramètres de la situation.

Elle s'approcha de lui, jusqu'à ce qu'il puisse sentir son haleine. Il avait les mains menottées dans le dos. Il était à sa merci.

— Tu vas apprendre à me connaître, Berti. Tu ne tomberas pas pour l'assassinat d'Aureola. Ni pour celui de Florent ou de tous les autres gens sur la place des Halles. Par manque de preuves. Mais tu vas quand même payer, Berti. Et cher, crois-moi. Pour tout ce que tu as fait.

Alba paraissait sûre d'elle. Elle n'était plus la petite prostituée de Pristina, apeurée, à sa merci. Le mac albanais comprit que les rôles venaient de s'inverser.

Laissant s'exprimer la colère qui bouillonnait en elle, elle poursuivit :

— Tu vas m'accorder le versement d'un petit acompte, Berti. Car je suis la prostituée de Babylone, celle qui a enfanté le fils de Satan, la Bête, le chacal. Je suis un loup solitaire.

Pour la première fois de sa vie, Robert Balla comprit que la maîtrise des événements lui avait échappé. Pour la première fois de sa vie, une femme lui inspira de la peur. Il lut dans ses yeux toute la haine qu'elle avait emmagasinée pour les hommes pendant des années. Le Diable ne l'aurait pas regardé autrement.

Il sentit une main de fer se poser sur le pantalon de son smoking bon marché et fouiller son entrejambe. Les doigts de la fille se refermèrent sur ses testicules. Il voulut protester, mais n'en eut pas le temps. Elle serra. Il se mit à couiner comme un goret. Elle serra plus fort. Il hurla de douleur. Elle serra si fort que ses parties intimes furent tordues et broyées, à tel point qu'il n'en retrouverait sans doute jamais l'usage.

Lorsque plus d'une heure après, Balla annonça dans un murmure sa décision de porter plainte contre Alba Dervishaj, les gendarmes qui le conduisaient à l'hôpital Pourtalès pour des premiers soins lui répondirent qu'ils ne connaissaient pas ce nom et qu'aucune femme n'avait participé à l'intervention dans son établissement. Les mêmes expliquèrent aux médecins du HNE que, devant de nombreux témoins, dont un représentant du ministère public, le détenu albanais avait lourdement chuté, à cheval sur une rambarde d'escalier, en tentant de prendre la fuite au moment de son arrestation.

Épilogue

— Et maintenant, comment envisagez-vous la suite ?

— Tout dépend, monsieur le procureur, si vous comptez révéler la vérité ou non.

— Votre réponse contient la solution, Flavie. Quand avez-vous compris que je n'étais pas Norbert Jemsen ?

— Je ne sais pas. Au fond de moi, je crois que je l'ai su dès le début.

— Pourquoi n'avez-vous rien dit ?

— Je n'étais sûre de rien. Et puis, votre amnésie vous rendait à la fois touchant et sympathique. Mais, encore une fois, rit la greffière, je vous jure qu'il n'y a jamais eu entre votre frère et moi que des rapports de travail.

Flavie Keller regarda Alba avec un sourire et une petite flamme dans les yeux. Les yeux d'Alba s'allumèrent en retour.

— Si je continue d'endosser le rôle de Norbert, vous rendez-vous compte que j'aurai plus que jamais besoin de vous pour m'aiguiller dans la procédure ?

— Ce sera avec grand plaisir. J'espère simplement que vous m'écouterez un peu plus que votre frère. Maintenant que le député Antoine Schnyder a annulé la procédure de non-réélection lancée contre vous par la commission judiciaire du Grand Conseil, il serait stupide de lui donner une raison de la rouvrir.

— Comptez sur moi, Flavie.

Le magistrat se tourna vers Alba.

— Et toi ?

— Moi, je n'existe pas. Je suis un fantôme, un *fantazmë* comme on dit dans ma langue maternelle. Je veux bien travailler à nouveau pour le nouveau procureur Jemsen, mais à deux conditions.

— Lesquelles ?

— La première, qu'on se voussoie. Je préfère conserver une certaine distance avec le pouvoir judiciaire.

— Soit, comme tu veux. Je veux dire, comme vous voulez. Ce ne sera peut-être pas facile pour moi au début. Et la seconde ?

— En cas de nouvelle mission, si vous tenez à assumer à nouveau personnellement le rôle du *coverman*, je vous interdis de me rejouer le coup de l'amnésie. Sinon, je vous fais réellement bouffer l'oreiller de votre chambre d'hôpital.

Florent sourit, puis grimaça légèrement. Les blessures tiraillaient encore la partie gauche de son visage, sous les pansements que Flavie avait changés la veille au soir.

— Et la prochaine fois, reprit l'inspectrice, j'exige aussi une légende sans faille. La création du personnage d'Alba Dervishaj, pauvre fille issue d'une modeste famille kosovare et en situation illégale en Suisse, est intéressante. Mais lorsque vous m'avez fait arrêter par l'ICS, nous avons fait l'erreur d'économiser les quelques jours à Lonay. J'aurais vraiment dû être incarcérée dans cette prison. À cause de cette lacune, Aureola a failli tout faire capoter. Par chance, votre contact à la brigade romande d'enquêtes secrètes a sauvé mes miches. Votre ami Dan

Garcia, chef des stups et responsable de la BRES, est intervenu pour falsifier le registre des détenues de Lonay et les données de mon casier judiciaire, ainsi que celui d'Aureola. Sans quoi, je serais probablement morte aujourd'hui.

Florent ne connaissait pas encore le commissaire Garcia, mais il savait qu'il lui était redevable. Sans poser de questions, le formateur romand des agents infiltrés et de leurs contacts – les fameux *covermen* – avait accepté de contribuer à la création de sa propre légende, en inversant son ADN et celui de son défunt frère dans la base de données fédérale. Le CURML avait refait une troisième fois l'analyse des morceaux de corps retrouvés sur la place des Halles et avait reconnu son erreur. Norbert Jemsen était bel et bien vivant.

— Tout était faux, alors? demanda Florent. Le mandat d'amener aussi?

— Aussi. Mais vous l'avez utilisé stupidement, sans comprendre de quoi il retournait. Normal, puisque vous étiez amnésique. Ce mandat devait servir de porte de sortie, pour m'exfiltrer en cas de danger. Renvoi en prison ou au Kosovo. *Exit* Alba Dervishaj. Mais je vous rassure, monsieur le procureur, il y a aussi plein de trucs vrais dans ma légende, comme les passes et les violences que j'ai dû subir. Ou encore les deux mille francs que j'ai versés à Berti pour lui faire croire que j'avais passé une nuit à l'hôtel *Beau-Rivage* avec un riche client, façon *Pretty Woman*. J'ai prélevé cet argent sur les fonds que vous m'avez remis et qui proviennent de votre petite caisse noire.

— Et votre vie privée? Tous les détails que vous m'avez racontés en audience sur votre parcours?

— De la pure légende apprise par cœur. Mais quand

même un peu calquée sur ma vraie vie, pour rendre l'apprentissage plus facile. Ça limite les risques d'erreurs et on gagne en crédibilité. Par exemple, l'homme dont j'étais amoureuse, qui m'a déçue et qui m'a fait me retourner vers les femmes n'est pas un notable de Pristina. C'est un juge lausannois. Durant notre relation éphémère, il m'a menti, un peu. Je le lui ai fait payer au prix fort. Moi aussi je lui ai menti, beaucoup, sur mes relations avec les femmes. Quand il a appris que j'avais séduit un de mes collègues, père de famille, puis que j'avais porté plainte contre son épouse parce qu'elle m'avait fait une scène en le découvrant, ce gros con m'a renvoyé en pleine figure les principes d'honnêteté et de franchise que je lui avais si souvent vantés. Pas mon heure de gloire. Mais je ne vais quand même pas tout vous raconter aujourd'hui. Je vais en garder un peu pour nos futures rencontres, histoire de les pimenter.

Jemsen lui sourit et se dirigea vers la bibliothèque de son frère.

— En attendant, dit-il, j'ai un cadeau pour vous, Alba, ou Tanja, ou qui que vous soyez.

Et il tira d'un rayonnage un très vieux livre en cuir d'une valeur apparemment inestimable. C'était un recueil de poèmes de Marguerite Porete, la première femme à avoir jamais osé signer un livre, au treizième siècle. La gravure originale du titre était restée parfaitement lisible : *Le Miroir des âmes*.

Alba l'ouvrit avec précaution et, en souriant, elle lut à voix haute le titre complet : *Le Miroir des âmes simples anéanties et qui seulement demeurent en vouloir et désir d'amour.*

Le Livre de Poche s'engage pour l'environnement en réduisant l'empreinte carbone de ses livres. Celle de cet exemplaire est de : 200 g éq. CO_2 Rendez-vous sur www.livredepoche-durable.fr

PAPIER À BASE DE FIBRES CERTIFIÉES

Composition réalisée par Soft Office

———————————

Achevé d'imprimer en France par
CPI BRODARD & TAUPIN (72200 La Flèche)
en juillet 2019
N° d'impression : 3035018
Dépôt légal 1re publication : août 2019
LIBRAIRIE GÉNÉRALE FRANÇAISE
21, rue du Montparnasse – 75298 Paris Cedex 06

44/1826/0